A. C. Baantjer

De Cock en de moord op melodie

Fontein

ISBN 90 261 0173 2

Omslagfoto Jan Derk Beck

Verspreiding voor België:
Uitgeverij Westland nv, Schoten

De Cock en de moord op melodie

1

Jean-Paul Stappert bleef staan voor het zebrapad. Hij hield zijn blik gericht op het stramme rode figuurtje in het verkeerslicht voor voetgangers. Links en rechts van hem passeerden mensen die zich aan het licht niet stoorden. Hij realiseerde zich dat het feitelijk vreemd was, dat het rode mannetje in die cirkel hem wel aan de rand van het trottoir hield. Nog geen jaar geleden zou hij zijn doorgesjokt, net als de anderen, stug en onverzettelijk, zijn hoofd voorover, nauwelijks geïnteresseerd in het verkeer op de rijbaan. Op een keer had een vrachtauto hem licht aan de schouder geraakt. Het was zijn eigen schuld. Zonder meer. Maar hij had minuten lang gevloekt en met zijn voeten op het asfalt gestampt.
Hij kon zich een dergelijk gedrag van hem nu niet meer voorstellen. Hij was veranderd. Duidelijk. Hij was milder geworden, handzamer en minder opstandig. Hij had ook de neiging om mensen weer aardig te vinden.
De metamorfose was begonnen toen er plotseling, diep in zijn hoofd, een trillende hobo in ijle tonen een melodie speelde. Het was een vroege, knisperend vrieskoude morgen en hij was met een schaar bezig het portierslot van een geparkeerde auto open te breken. Het moment stond hem nog helder voor de geest. Zijn begeerte was gewekt door een kostbare camera, die de argeloze automobilist op de achterbank van zijn wagen had laten liggen.
Toen de klanken tot Jean-Paul doordrongen, had hij de schaar weer in de zak van zijn vale bontjas gestoken om naar die hobo te luisteren. Het geluid was prachtig. De warme klankkleur bracht hem in vervoering. Toen hij zijn ogen sloot, hoorde hij hoe een speelse klarinet de melodie van de hobo overnam, gevolgd door een deftige fagot. Van heel ver naderden zwoele tonen uit een hoorn.
Aan het water van de gracht, leunend tegen een scheve iep, was hij blijven luisteren naar die meeslepende melodie, naar de wonderlijke tonen die werden opgeroepen door een magistraal orkest dat zo nabij speelde: onder zijn eigen warrige haardos.
Zo was het begonnen. Hij had nog even naar de kostbare camera op de achterbank van de auto gekeken, maar die had ineens alle glans voor hem verloren. Hij liep van de boom weg, de gracht op. Zo nu

en dan bleef hij even staan en drukte zijn beide duimen tegen de zijkanten van zijn hoofd en strengelde zijn vingers. Het was alsof de muziek dan nog sterker tot hem doordrong. In een vreemde, bijna hypnotische extase was hij die wonderlijke morgen naar huis gewandeld.

Het verkeerslicht sprong over. Een lopend mannetje vulde de groene cirkel.

Jean-Paul Stappert betrad het zebrapad. Aan de overkant van het Damrak, bij het terras van het Victoriahotel, nam hij links het brede trottoir. Het was er druk met flanerende voetgangers en haastige reizigers op weg naar het Centraal Station. Soms botsten ze tegen hem op. Hij mompelde een paar maal 'sorry' en schoof dichter naar de verlichte etalages.

Buiten de mensenstroom trok hij de mouw van zijn regenjas iets omhoog en keek op zijn horloge. Hij schrok. Het was twaalf minuten voor tien; later dan hij had gedacht. Jean-Paul versnelde zijn pas. Hij wilde niet te laat zijn. Dit keer niet.

Bijna aan het einde van het Damrak sloeg hij rechts de Zoutsteeg in, stak de Nieuwendijk over en liep de Gravenstraat in. Met een kort sprintje snelde hij op de Nieuwezijds Voorburgwal voor een aanstormende tram naar de Molsteeg en bereikte via de Torensluis de Leliegracht.

Het sprintje had zijn ademhaling wat verstoord. Hij zuchtte een paar maal diep en het ritme was nagenoeg weer op peil toen hij rechts de Keizersgracht op liep.

Plotseling bleef hij staan. Een inwendige stem riep hem een halt toe. Onverklaarbaar en onverbiddelijk. Het benauwde hem. Hij keek nog eens op zijn horloge. Tien uur. Hij was op tijd.

Ineens begonnen zijn handen ongecontroleerd te trillen en klopte zijn hart versneld in zijn keel. Een onberedeneerde angst maakte zich van hem meester. Op zijn voorhoofd drongen zweetdruppels uit zijn poriën. Diep uit zijn herinnering kwamen flarden van angstbeelden uit zijn jeugd.

Hij kneep zijn ogen half dicht en tuurde in het halfduister voor zich uit. Verder op de gracht, bij de bomen aan de waterkant, ontwaarde hij vage schimmen. Het was alsof ze hem zwevend naderbij wenkten. Een moment aarzelde hij nog. Toen liep hij door... zijn dood tegemoet.

Rechercheur De Cock van het oude politiebureau aan de Amsterdamse Warmoesstraat voelde zich onrustig. Hij was bezig met een uitgebreid rapport voor de Officier van Justitie, maar het lukte hem niet zich daarop volledig te concentreren.
Met een moe gebaar schoof hij de schrijfmachine van zich af, stond van zijn stoel achter het bureau op en begon traag en loom door de grote recherchekamer te stappen: De typische slenterpas van De Cock. Hij wilde dat vreemde onrustige gevoel kwijt, maar besefte tegelijkertijd, dat hij zich er niet van los zou kunnen maken.
Na een paar minuten bleef hij staan voor het raam, wippend op de ballen van zijn voeten. Schuin beneden hem, in de smalle Heintje Hoeksteeg, zocht een dronken sloeber zich een weg naar de Achterburgwal. De Cock glimlachte. Het was aandoenlijk om te zien hoe de man krampachtig probeerde enige lijn in zijn bewegingen te brengen.
Toen de man uit zijn gezichtsveld verdween, zakte de glimlach van zijn gezicht. De grillige accolades rond de mond van de grijze speurder verstarden. Het onrustige gevoel kwam terug, sterker en intenser. Het was alsof vreemde storingen van buitenaf het mechanisme van zijn denken in een bepaalde richting wilden stuwen. Het tintelde op de uiteinden van zijn zenuwen. Hij trachtte de trillingen te ontleden, maar de code, de sleutel ontbrak. Hij wist er geen raad mee. De gevoeligheid van zijn zintuigen was ontoereikend om de fijne impulsen te ontwarren. Een wrevelig gevoel van onbehagen maakte zich van hem meester. Hij draaide zich om en keek naar de grote klok aan de wand.
Het was twee minuten over tien.

Erik Baveling boog zich voorover. Hij draaide de sleutel om en trok het deurtje van het oude dressoir open. Van achter een hoge stapel studieboeken pakte hij een koffiezetapparaat en plaatste het voorzichtig op het pluchen tafelkleed. Uit een grijze aarden kruik schonk hij water in het reservoir en stak daarna de stekker in het stopcontact. Uit zijn leren aktenkoffertje nam hij een aangebroken pak koffie en een filterzakje. Zorgvuldig taxeerde hij de hoeveelheid.
Op zijn gladde jongensachtige gezicht dartelde een vrolijke grijns. Hij grinnikte zacht voor zich uit. Tante Mien van Leeuwen, de schraperige pensionhoudster, wilde niet dat de bewoners zelf op

hun kamer koffie zetten. Dat kostte stroom. Daarom verborg Erik de benodigdheden zorgvuldig. Alleen 's avonds na tienen, als hij haar op bed waande, durfde hij het elektrische apparaat te voorschijn te halen. Het waren voor hem de gelukkigste momenten van de dag.
Toen het ding niet meer pruttelde, schonk hij zich in. Zwart met heel veel suiker. Een zoet gevoel van voldaanheid overviel hem. Zijn werklust en zijn ambities waren teruggekomen. Hij was weer gezond, opgewekt, bijna vrolijk zelfs. De buien van neerslachtigheid, die hem zo ongelukkig maakten, waren verdwenen. Zijn studieresultaten waren de laatste maanden bijzonder gunstig. Als hij in hetzelfde tempo kon doorgaan, als hij niet opnieuw een inzinking kreeg, kon hij binnen twee jaar afstuderen. Hij had veel te danken aan Jean-Paul, die hem begeleidde en hem over zijn depressies heen hielp.
Met de kop koffie naast zich nestelde hij zich behaaglijk in een oude fauteuil met een brede, hoge rugleuning. Hij pakte een wild avonturenboek, dat hij uit de bibliotheek had meegenomen, trok zijn voeten onder zijn zitvlak en begon te lezen.
Het boek boeide Erik Baveling. Al vanaf de eerste bladzijde had het ruige verhaal hem volledig in de ban. Hij gunde zich geen tijd om een tweede kop koffie in te schenken. Zo intens raakte hij in het boek verdiept, dat hij niet hoorde dat achter hem de kamerdeur zachtjes werd geopend en er iemand sluipend naderbij kwam.
De jonge Baveling merkte de vreemde gestalte eerst op, toen sterke handen zich om zijn keel sloten. Onwrikbaar in een wurgende greep. Het boek viel uit zijn handen en gleed langs zijn knie op de vloer.
Het duurde even voor het begrip bezit van hem nam... voor hij besefte, dat de gestalte voor hem onverbiddelijk zijn dood wenste. Hij zette zijn handen op de ronde armleuningen van de fauteuil en probeerde omhoog te komen, voorbij aan dat vreemd verwrongen grijnzende gezicht, los van de wurgende greep.
Maar zijn krachten waren niet toereikend. Langzaam ebde de weerstand uit hem weg. Een dof gevoel van berusting kroop onder zijn nekharen omhoog naar zijn hersenen, verdoofde de pijn en naam zijn angst voor de naderende dood weg.
Na enige tijd verslapte de greep. Willoos gleed hij opzij, terug in de fauteuil. Op zijn netvlies kwam het beeld van oneindige groene

weiden vol felgele paardebloemen en uitbundige madelieven. En verder was er blauw... heel veel lokkend blauw.

Rechercheur Vledder keek naar De Cock omhoog. 'Is er wat?' In zijn stem trilde een lichte bezorgdheid. 'Je loopt nu al bijna een uur als een getergde tijger op en neer.'
De Cock trok zijn brede schouders op.
'D'r is niets.'
Het konk wat onwillig.
Vledder maakte een grimas. 'Je kunt mij niets wijsmaken, De Cock. Ik ken je zo langzamerhand wel een beetje. Volgens mij heb je de pest in. Er zit je iets dwars!'
De oude rechercheur schudde zijn hoofd.
'Ik heb alleen zo'n rot gevoel van binnen... dat er iets is gebeurd... iets verschrikkelijks... waarmee wij te maken krijgen.'
Vledder grinnikte vrolijk.
'Bij ons aan de Warmoesstraat gebeurt altijd wat. Ik heb het nooit anders meegemaakt.' Hij wees naar de schrijfmachine op het bureau van De Cock. 'Dat rapport, heb je dat al af?'
'Nee.'
'Het moet morgen klaar zijn.'
De Cock ging weer in zijn stoel zitten. De laatste opmerking van zijn jonge collega was hem ontgaan. Hij zette zijn ellebogen op het bureau en liet zijn kin in zijn handen zakken. Hij staarde voor zich uit.
'Heb jij dat nooit?'
'Wat?'
'Zo'n gevoel, dat iemand contact met je zoekt langs... langs ongebaande communicatiewegen.'
'Larie.'
De Cock keek zijn collega ernstig aan.
'Iemand,' sprak hij zacht, bijna fluisterend, 'had mij in dit laatste uur nodig.'
Vledder reageerde niet. Intuïtie en dat soort gevoeligheden ging hij liever uit de weg. Ze waren hem te subtiel en te weinig tastbaar. Hij keek omhoog naar de klok aan de wand. 'Het is zo elf uur. De dienst zit er bijna op.' Hij wees nog eens naar de schrijfmachine van De Cock. 'Je krijgt morgen vast gedonder met de Officier. Hij heeft je al een paar maal uitstel gegeven.'

De Cock gromde. Hij was er aan gewend om met zijn superieuren overhoop te liggen. Het deerde hem niet. Ongeduldig wuifde hij voor zich uit. 'Vraag beneden eens aan de wachtcommandant of er nog meldingen zijn binnengekomen.'
Vledder schudde zuchtend zijn hoofd.
'Als ze ons nodig hebben, dan roepen ze ons wel.' Het klonk wat kriegelig. 'Bovendien heb ik nergens zin meer in. Ik ben het gewoon zat. Ik wil naar huis.'
Plotseling rinkelde de telefoon.
Vledder nam de hoorn op en luisterde. Het duurde nog geen minuut, toen legde hij de hoorn op het toestel terug. Zijn gezicht zag bleek.
De Cock keek hem gespannen aan.
'Wat is er?'
'Een lijk.'
'Waar?'
'In een pensionnetje aan de Prins Hendrikkade.'
De Cock hield zijn hoofd iets schuin.
'Moord?' vroeg hij strak.
De jonge Vledder stond op en knikte traag.
'Verwurging.'

2

De Cock keek naar de scheefweggezakte gestalte in de fauteuil en nam zijn hoed af. De dood, vond hij, verdiende eerbied. Zeker als hij zich, zoals nu, gewelddadig aandiende. Hij kon er niet aan wennen. Het verbijsterde hem steeds weer. Het fenomeen van het plotseling sterven had hem geïntrigeerd vanaf het eerste moment dat hij in zijn beroep met een lijk werd geconfronteerd. Hij had sindsdien vele mysteries opgelost, duistere zaken tot klaarheid gebracht. De dood was voor hem een mysterie gebleven.
De Cock blikte in het jongensachtige gelaat. Innerlijk nog wat verward vroeg hij zich af of deze jongeman degene was die het uur van zijn sterven had voorvoeld en vreemde angstsignalen had uitgezonden... signalen die hem in de recherchekamer zo onrustig had-

den gemaakt. Niet zonder moeite zette hij die gedachte van zich af. Vledder keek hem van terzijde aan.
'Sinds wanneer neem jij je hoed af voor een junk?'
Het klonk spottend.
De Cock fronste zijn wenkbrauwen.
'Een junk?' In zijn stem klonk verbazing. Hij strekte zijn dikke wijsvinger in de richting van de dode. 'Hij ziet er niet uit als een junk. Hij is gewassen en geschoren en hij heeft een schoon hemd aan.'
Vledder lachte.
'Misschien is hij afgekickt. Maar een jaartje geleden zat hij vrij geregeld bij ons in de cel. Diefstalletjes uit auto's en warenhuizen.'
De Cock knikte begrijpend.
'Weet je hoe hij heet?'
Vledder nam zijn notitieboekje uit de binnenzak van zijn jasje en begon te bladeren. 'Ik moet hem hier wel ergens hebben staan. Ik heb hem zelf een paar maal van de straat gepikt.' Hij grinnikte. 'Een keer betrapte ik hem op heterdaad toen hij een camera uit een auto wegnam.'
De Cock wees om zich heen.
'Woonde hij toen ook hier?'
Vledder schudde zijn hoofd.
'Nee. Hij woonde toen feitelijk nergens. Hij stond nog wel bij zijn ouders ingeschreven, maar meestal sliep hij in dat gore kraakpand aan de Monnikenstraat.' Hij tikte met zijn vinger op een blad in zijn notitieboekje. 'Hier heb ik hem... Erik Baveling, oud vijfentwintig jaar, geboren in Heemstede.'
'Heemstede... dat klink deftig.'
'Zeker. De jongen is van goede familie. Ik heb eens met zijn moeder gesproken. Die was naar de Warmoesstraat gekomen toen haar zoon vast zat. Een keurige dame. Erik studeerde medicijnen, maar raakte aan de heroïne. Mevrouw Baveling maakte zich grote zorgen om Erik. Ze had al een zoon aan een overdosis verloren. Anderhalf jaar geleden.'
Het gezicht van De Cock verstarde.
'Heroïne,' riep hij grimmig. 'Ik ben tegen lijfstraffen, maar voor de grote genadeloze handelaren in heroïne, die allen verrekt goed weten wat voor een onheil ze aanrichten, zou men op de Dam best weer een lief schavotje kunnen bouwen.'

Vledder grijnsde.
'Laten ze je in Den Haag niet horen.'
De Cock trok achteloos zijn schouders op. Daarna boog hij zich over de jongeman in de fauteuil. De strangulatieplekken aan de hals waren duidelijk zichtbaar. Zelfs de spreiding van de wurgende vingers was te onderscheiden. Hij had in zijn rechercheleven bij vele slachtoffers die plekken van verwurging gezien en wist dat de patholoog-anatoom, dr. Rusteloos, morgen bij de sectie aan de luchtpijp weer enige gebroken kraakbeenringen zou vinden.
Hij kwam overeind en keek naar Vledder.
'Wie heeft hem ontdekt?'
Vledder duimde over zijn schouder.
'De pensionhoudster. Ze was woedend.'
'Over deze moord?'
Vledder schudde zijn hoofd. Hij wees naar het elektrisch apparaat op het pluchen tafelkleed. 'Omdat hij stiekem koffie had gezet.'
De Cock staarde hem aan.
'Wat?' riep hij verbijsterd.
Vledder trok een ernstig gezicht.
'Dat is verboden. Ze wil niet dat er op de kamers wordt gekookt of koffie gezet. Daar is ze fel tegen. Dat kost volgens haar te veel stroom.' Hij knikte naar het lijk in de fauteuil. 'Ze had het vermoeden dat deze jongen hier 's avonds wel eens een kop koffie maakte. Als hij alleen was. Ze had iets geroken op het portaal. Daarom was ze vanavond naar boven gekomen om hem te betrappen.'
'En toen ze dat koffiezetapparaat op tafel zag werd ze kwaad?'
'Ja.'
'En de dood van de jongen?'
Vledder lachte wrang.
'Dat scheen haar nauwelijks te beroeren. Ik had meer het idee dat ze het maar lastig vond. Ze wilde mij ook geen inlichtingen geven over de andere bewoners van het pension. Toen ik aandrong, klapte ze de deur van haar keuken voor mijn neus dicht.'
De Cock stak zijn kin omhoog.
'We zullen haar scheren,' sprak hij dreigend.
Bram van Wielingen, de politiefotograaf, kwam driftig de kamer binnenstappen.
'Verdomme, De Cock,' hijgde hij, 'ik lag al bijna in mijn bed. Jij kiest altijd de onzaligste momenten om iemand te laten opdraven.'

De rechercheur haalde zijn schouders iets op en stak verontschuldigend zijn beide handpalmen naar voren.
'De dood,' sprak hij somber, 'komt vaak op onzalige momenten.'
Bram van Wielingen zette zijn zware aluminium koffer op de vloer, trok een zakdoek en wiste het zweet van zijn voorhoofd. Hij keek spiedend om zich heen.
'Heb je veel noten op je zang?'
De Cock wees naar de aluminium koffer, die gedeeltelijk het boek bedekte dat aan de dode handen was ontglipt.
'Denk om mijn sporen.'
Van Wielingen reageerde geërgerd.
'Sporen,' riep hij kwaad, 'sporen. Ik denk altijd aan jouw sporen. Ik heb bij mijn weten nog nooit een zaak verknald.'
De Cock trok een scheef gezicht.
'Eens komt de eerste keer.'
'Barst.'
De Cock draaide zich half om. In de deuropening stond dr. Den Koninghe. Achter hem torenden twee levensgrote broeders van de geneeskundige dienst met een brancard. De Cock liep op de oude lijkschouwer toe en drukte hem hartelijk de hand. 'Lag u ook al bijna in bed?' Hij wenkte naar Van Wielingen. 'Zoals onze fotograaf.'
Dr. Den Koninghe glimlachte.
'Ik heb nog een hele nacht voor de boeg. Ik heb piketdienst. Uit pure verveling was ik in een roman van een van de Tachtigers gedoken.'
'Wie?'
'Frederik van Eeden... De Kleine Johannes.'
De ogen van De Cock lichtten op in bewondering.
'Echte literatuur.'
De lijkschouwer knikte.
'Ik viel er bij in slaap.'
De Cock schudde afkeurend zijn hoofd. Hij hield van *l'art pour l'art* die de Tachtigers nastreefden.
Dr. Den Koninghe liep langs hem, nam zijn oude, groen uitgeslagen garibaldi af en boog zich over het slachtoffer. Hij legde de rug van zijn hand tegen de wang van de dode. Daarna trok hij de oogleden iets op. De pupillen vertoonden geen reactie.
De Cock volgde de verrichtingen van de lijkschouwer.
'Is hij al lang dood?'

Dr. Den Koninghe kwam overeind. Hij zette zijn hoed weer op, griste zijn grijze pochet uit het borstzakje van zijn zwarte jacquet en begon er zorgvuldig zijn dikke brilleglazen mee schoon te vegen.
'Je weet,' begon hij krakerig, 'dat er omtrent het tijdstip van verleden weinig valt te zeggen. Maar de jongen is nog warm. Gelet op de lichaamstemperatuur is de dood nog niet zo lang geleden ingetreden. Ik schat zo rond een uur.' Hij zette zijn bril op en frommelde zijn pochet weer in het borstzakje. 'Heb je die strangulatieplekken gezien?'
'Ja.'
'Krachtige handen... van iemand die een stevige greep heeft ontwikkeld. Je zou kunnen denken aan een tennisspeler, bijvoorbeeld.'
De Cock knikte begrijpend.
'Ik zal naar hem uitkijken.'
Het klonk wat cynisch.
De lijkschouwer grijnsde.
'Het kan ook een ''haar'' zijn.' Hij wuifde tot afscheid en liep naar de deur.
De Cock riep hem terug.
'Heeft u niets vergeten?'
Dr. Den Koninghe stapte weer naderbij. Hij keek schuins naar De Cock op. De grijze ogen achter de brilleglazen schitterden. 'Ik weet wat je bedoelt.' Het klonk minzaam. Hij wees nonchalant naar de jongeman in de fauteuil. 'Hij...,' sprak hij laconiek, 'hij is dood.'
De Cock hield zijn gezicht strak.
'Dank u, dokter,' reageerde hij simpel.
Bram van Wielingen kwam naast hem staan. Een Hasselblad met flitslicht in zijn hand. Samen keken ze hoe de excentrieke man de kamer afstapte; waardig, in jacquet en streepjesbroek en schoenen met slobkousen. De fotograaf stootte De Cock met zijn elleboog in zijn zij.
'Heb je nog bijzondere wensen? Ik heb de gebruikelijke opnamen gemaakt. Overzichten en details van het kamertje. Ik zal straks buiten nog een plaatje schieten van de gevel. Maar dan had ik het wel gehad, dacht ik.'
De Cock schoof zijn onderlip wat vooruit.

'Probeer van dat dode gezicht van die jongen een draaglijk fotootje te maken. Misschien heb ik het nodig. En dan kun je wat mij betreft naar je bed.'
'Moet je ze morgenochtend dan niet vroeg hebben?'
De Cock schudde zijn hoofd. 'Het mag ook morgenmiddag.' Hij glimlachte beminnelijk. 'En doe straks je vrouw de groeten van me.'
Toen Bram van Wielingen in het dode gelaat flitste, kwam Frans Kreuger binnen. De dactyloscoop, die tegen zijn pensioen leunde, was altijd wat traag. Hij zwaaide ter begroeting naar De Cock en keek het kamertje rond.
'Is dit alles?' vroeg hij verwonderd.
De Cock liep op hem toe.
'Hoe bedoel je?'
Kreuger maakte een brede armzwaai.
'Alles is zo... eh, zo ordelijk. Geen ravage, geen troep. Er is niets overhoop gehaald. Zelfs het slachtoffer ligt er keurig bij.
Hij grinnikte even. 'Het is bijna een zindelijke moord.'
De Cock gromde.
'Een moord is nooit zindelijk,' knorde hij.
Frans Kreuger boog naar de dode in de fauteuil.
'Weet je al wie hij is?'
De Cock knikte.
'Erik Baveling, vijfentwintig jaar, een jongen van goeden huize. Vledder kende hem als heroïnegebruiker. Hij had hem een paar maal als verdachte gehad.'
De dactyloscoop plooide zijn gezicht in twijfels.
'Hij ziet er niet uit als een junk.'
De Cock glimlachte.
'Dat was ook mijn reactie. Daarom had ik graag dat je zijn vingertjes nam. Het liefst waar ik bij ben. Maar het kan ook morgen in het sectielokaal. Ik heb slechte ervaringen met junks. In die heroïne-scene beleef je de vreemdste dingen. Ik ben voorzichtig. Ik wil later niet voor verrassingen komen te staan.'
'Met betrekking tot zijn identiteit?'
'Precies.'
Kreuger knikte begrijpend.
'Ik kan het beter nu direct doen.'
Bram van Wielingen koppelde het flitslicht van zijn Hasselblad los

en borg zijn apparatuur haastig op. Er lag een tevreden trek op zijn gezicht. Tot afscheid knipoogde hij naar De Cock en verliet het kamertje.
Frans Kreuger knielde bij de fauteuil voor de dode neer. Hij zette zijn koffertje naast zich op de vloer en nam daaruit een kleine inktroller. Hij pakte de rechterhand van de jongeman, boog de duim iets opzij en rolde de inkt over de papillairlijnen. Daarna nam hij uit zijn koffer een halfrond metalen houdertje. Daar schoof hij een blanco kaartje in en draaide dit met het houdertje om de duim.
De Cock boog zich voorover en bekeek samen met de dactyloscoop het resultaat. De afdruk van de duim was fraai. In het grillige papillairlijnenbeeld waren de lussen en delta's duidelijk te onderscheiden.
Frans Kreuger legde het kaartje weg. Hij pakte vervolgens de rechterwijsvinger van het slachtoffer en inktte die in.
De Cock keek vol bewondering toe. Hij wist dat het bepaald niet eenvoudig was om bruikbare vingerafdrukken van dode mensen te nemen.
'Moet ik helpen?'
Frans Kreuger schudde resoluut zijn hoofd.
'Dit gaat heel gemakkelijk. Er is geen stijfheid. De jongen is nog warm en zijn vingers zijn soepel.' Hij keek even op met een licht verwijt in zijn blik. 'Bovendien is dit niet de eerste keer dat ik het doe.'
De Cock glimlachte. Hij wilde de oude dactyloscoop niet kwetsen. Hij liep van hem weg naar Vledder, die in een hoek van het kamertje, gebogen aan een klein bureau bij het raam zat. Vertrouwelijk legde hij een hand op zijn schouder.
'Heb je wat gevonden?'
Vledder wees naar een groot model schrijfbloc met ruitjespapier. Het lag op het bureau, ongeveer in het midden, op een groene rubberen onderlegger. Het schrijfbloc droeg sporen van veelvuldig gebruik. Het had nog maar een dikte van minder dan een halve centimeter. Het bovenste blad was onbeschreven. Maagdelijk blank. Maar vaag waren nog indrukken zichtbaar van lijntjes en streepjes. Door en over elkaar in een warrig mozaïek.
Vledder strekte zijn handen naar het schrijfbloc uit.
'Waarvoor zou Erik Baveling dit nodig hebben gehad? Ruitjespapier.' Hij herhaalde het woord een paar maal. 'Ik heb al gezocht,

maar in het hele kamertje is verder geen ruitjespapier meer te vinden.'
De Cock fronste zijn wenkbrauwen.
'Ook niet beschreven?'
Vledder schudde zijn hoofd.
'Ik heb al zijn studieboeken nagesnuffeld. De aantekeningen die daarin voorkomen, zijn geschreven op gewoon lijntjespapier. Geen ruitjes.'
De Cock plukte peinzend aan zijn onderlip.
'Dat is vreemd.' Hij keek nog eens naar het schrijfbloc. 'Ik zou het maar meenemen voor het laboratorium. Misschien kunnen ze er iets mee doen.' Hij schudde zijn hoofd en zuchtte diep. 'Weet je, Dick, ik krijg steeds meer het gevoel dat de dood van deze jongen nog maar een begin is... Dat ons nog veel meer staat te wachten. Het zou mij niets...' Hij stokte. Hij draaide zich half om naar een jonge geüniformeerde agent, die dreunend het kamertje binnenstapte.
'Ze vragen of u hier bijna klaar bent.'
'Wie vraagt dat?'
'De meldkamer.'
De Cock reageerde wat verstoord.
'Wat... eh, wat is er dan?'
De agent aarzelde.
'Er is nog een dode.'
'Waar?'
'Op de Keizersgracht... aan de wallekant, tussen geparkeerde auto's, daar ligt een jongeman.'
De Cock hield zijn hoofd iets scheef.
'Vermoord?'
De agent slikte.
'Gewurgd.'

3

Er was weinig ruimte tussen de geparkeerde auto's op de gracht. Ze stonden wat schuin naast elkaar met de band van het linkervoor-

wiel tegen de ijzeren beschermstang die de gemeente Amsterdam langs de wallekanten aan had laten brengen om de wagens voor een duik in het vuile grachtwater te behoeden.
De Cock scheen met zijn zaklantaarn langs de portieren. Aan de wagen rechts van hem was een duidelijk glijspoor te zien. Het vuil van het linkervoorportier was in een lichte boog weggeveegd. Het slachtoffer moest, zo concludeerde De Cock, in zijn val met zijn rug langs het portier zijn gegleden. De rechercheur knielde bij de dode neer en scheen hem in het gelaat. De man kwam hem bekend voor. Hij meende hem eens te hebben ontmoet... met hem gesproken te hebben. Koortsachtig tastte hij zijn herinnering af. Maar het antwoord bleef weg.
Hij drukte het hoofd van de jongeman iets opzij en bekeek de strangulatieplekken. Ze hadden bijna dezelfde structuur als de plekken die hij aan de hals van Erik Baveling had gezien. Moeizaam kwam hij overeind. Zijn oude knieën kraakten. Vanuit de hoogte liet hij het lichtend ovaal nog eens over het gezicht van de dode glijden. Toen schoof hij tussen de auto's door naar Vledder, die op de rijbaan stond en gaf hem de zaklantaarn.
'Ga eens kijken. Ik dacht dat ik hem kende.'
De jonge rechercheur liep langs hem heen en verdween in de nauwe ruimte tussen de beide wagens. Na een paar seconden was hij terug. Hij zag bleek en zijn onderlip trilde. Hij zwaaide zijn rechterarm naar achteren. 'Dat... eh, dat... eh,' stotterde hij, 'dat is ook een junk.'
De Cock keek hem onderzoekend aan.
'Ken je hem?'
Vledder knikte heftig.
'Jean-Paul Stappert. Tot voor een jaar geleden zat hij minstens eenmaal in de maand bij ons in de cel.'
De Cock trok nonchalant zijn schouders op.
'Zijn gezicht kwam mij bekend voor.'
Vledder grijnsde.
'Je zou hem moeten kennen. Maar je hebt je nooit met die simpele junkdiefstalletjes willen bemoeien. Daar voelde je je te hoog voor.'
De Cock schudde zijn hoofd.
'Dat is het niet,' sprak hij verontschuldigend. 'Ik heb het een paar maal geprobeerd. Echt. Maar het zijn van die stomme verdachten. Je kunt met die verslaafden geen zinnig gesprek voeren. Ze leven

niet... niet werkelijk. Ze existeren alleen nog. Geestelijk zijn ze afgestompt... niet meer toegankelijk.'
'Daarom laat je het de jongeren doen.'
Het klonk als een verwijt.
De Cock reageerde niet. Hij had, toen hij als jong rechercheur aan het bureau Warmoesstraat kwam, ook de vervelende karweitjes moeten opknappen. Hij achtte het niet meer dan rechtvaardig dat die traditie werd voortgezet.
'Wat weet je van hem?'
'Van Jean-Paul Stappert?'
'Ja.'
Vledder maakte een onzeker gebaartje.
'Een verslaafd konijn, niet echt crimineel, maar een jongen die kloterige diefstalletjes pleegde om aan geld voor heroïne te komen.'
'Hij ziet er niet uit als een junk.'
Vledder schudde zijn hoofd. Hij had een ergerlijke trek op zijn gezicht. 'Nee,' riep hij wild. 'Jean-Paul Stappert verbaast mij... net zoals die dode Erik Baveling mij verbaasde.'
'Hoezo?'
Vledder spreidde trillend zijn beide handen. Hij zocht naar woorden om zijn gevoelens te vertolken. 'Het is net,' begon hij opgewonden, 'alsof ze gereclasseerd zijn... gewassen, door een mangel gehaald... Opnieuw geboren. Hun gezichten zijn nog wel zo'n beetje hetzelfde. Toch zijn ze anders. Er is iets met hen gebeurd, in positieve zin.'
Hij zwaaide zijn rechterarm weer naar achteren. 'Ik wist dat deze jongen spoot. Jaren. Ik heb nu zijn beide armen bekeken... weg... niets meer te zien. Geen zwerende punctieplekjes meer, gaaf, clean!' Vledder zweeg even. De emotie lag nog op zijn gezicht. Plotseling werden zijn ogen groot. 'Er zal toch geen maffe maniak rondlopen, die bezig is om alle afgekickte junks uit te moorden?' Zijn mond zakte open. Het idee verbijsterde hem. 'Mijn hemel,' hijgde hij ontzet, 'dan kunnen we nog wat beleven.'
De Cock beet op zijn onderlip. Het betoog van zijn jonge collega had hem meegesleept, maar niet verwarmd. De nachtkou klom in zijn botten. Uit het grachtwater stegen kille nevels op. Hij trok de kraag van zijn regenjas wat omhoog en dacht na over de wurgende maniak.

Hij keek eens rond. Het was stil op de gracht. Aan de wallekant tussen de auto's scharrelde een eenzame rat. Het dier snuffelde even aan de dode Jean-Paul Stappert en glipte toen weg achter een wiel. Verderop, in de Raadhuisstraat, gierde een late tram naar de remise.
De Cock zuchtte diep.
'Wacht jij op de meute? Ik heb geen zin om jeremia's aan te horen om twee lijken zo kort achter elkaar. Vooral Van Wielingen zal de smoor in hebben dat hij weer moet komen opdraven.'
Vledder knikte gelaten.
'Wat ga jij doen?'
Op het gezicht van De Cock kwam een harde trek.
'Een pensionhoudster goede nacht wensen.'

Met een brede grijns op zijn gezicht bonsde De Cock een forse roffel op de keukendeur. Hij wist dat achter de keuken de woon- en slaapvertrekken van de pensionhoudster lagen. Jaren geleden had hij hier eens een onderzoekje gedaan naar een brand, die op een nogal mysterieuze wijze in die keuken was ontstaan. Het was een vreemde combinatie tussen een vlam in de pan en een gesprongen fles benzine, die om onverklaarbare redenen in de nabijheid had gestaan.
Hij vroeg zich af of het pension nog dezelfde eigenaresse had. Toen had hij de stellige indruk, dat de vrouw zich door brandstichting uit de problemen had willen helpen. Het bewijs daarvoor had hij nooit kunnen leveren, maar de indruk was gebleven.
Hij grinnikte wat mat voor zich uit. Hoeveel misdadigheid had hij tijdens zijn lange loopbaan als rechercheur reeds verwerkt, opgetekend in duizenden ambtelijke rapporten en processen-verbaal. Een echte schrijver zou ze tot lijvige boekwerken kunnen omtoveren.
Omdat zijn eerste bonzen geen resultaat had, trommelde hij opnieuw een roffel op het middenpaneel. Het geluid galmde langs trappen en portalen omhoog, weerkaatste tegen de witgekalkte muren.
Na een paar minuten werd de keukendeur voorzichtig geopend. Door een kier blikte hem een paar groene ogen fel en kwaadaardig aan.
'Bent u gek geworden?'
De Cock schudde zijn hoofd.

'Nog niet... helemaal.'
'Wie bent u?'
De Cock drukte de deur wat verder open en herkende het gezicht.
'Mijn naam is De Cock,' sprak hij gelaten, 'met ceeooceekaa. Voor het geval dat u een klacht over mij gaat schrijven. Ik had mijn naam dan graag goed gespeld.'
De vrouw hield haar hoofd een beetje scheef.
'Recherche?'
De Cock knikte. Hij zag aan haar ogen dat hij in haar herinnering opdook.
'Ik wil met u praten... niet meer over een brand, maar over de jongeman die u vanavond dood in zijn kamer hebt aangetroffen. Ik heb van mijn jonge collega begrepen, dat uw bereidheid tot medewerking niet bijster groot was.'
Ze kneep haar dunne lippen op elkaar.
'Ik wil er niets mee te maken hebben.'
De Cock schonk de vrouw een beminnelijke glimlach.
'Dat zal moeilijk gaan, vrees ik. U hebt het lijk ontdekt. Het gebeurde onder uw dak.'
Ze reageerde fel. Haar neusvleugels trilden. 'Ik ben niet verantwoordelijk voor het gedrag van mijn bewoners. Ze gaan hun gang maar.' Ze stak haar scherpe kin omhoog. 'Hebt u wel eens van privacy gehoord?'
De Cock bedwong een scherpe opmerking over het koffiezetapparaat. Het had geen zin om de vrouw tegen zich in het harnas te jagen. Hij had plotseling een paar moorden op zijn nek gekregen en wilde die oplossen. Vriendelijk maar beslist nam hij haar hand van de kruk en duwde haar verder de keuken in.
'Mevrouw Van Leeuwen...' sprak hij beminnelijk. 'Zo... eh, zo heet u toch?'
'Dat weet u best.'
De Cock wees om zich heen.
'Ik bewaar niet zulke beste herinneringen aan deze keuken.'
Ze grijnsde met een scheve mond.
'Er was toen niets aan de hand.'
De Cock glimlachte verlegen.
'Ik... eh, ik weet van toen, dat u een gezellige woonkamer hebt,' sprak hij ontwijkend. 'Zullen we ons gesprek daar voortzetten?'
Mevrouw Van Leeuwen keek hem even onderzoekend aan. Toen

gaf ze haar verzet op, draaide zich om en liep voor hem uit.
De Cock deed de keukendeur achter zich dicht en slenterde haar na.
In het kamertje keek hij om zich heen. Er was niet veel veranderd. Dezelfde prulletjes en fotolijstjes op de schoorsteenmantel, dezelfde pluchen fauteuils. Alleen wat kaler.
De Cock nam ongevraagd plaats en legde zijn hoedje op het versleten tapijt.
'Hoelang was die jongen bij je in huis?'
Mevrouw Van Leeuwen sloeg haar vaalrode peignoir wat dichter om zich heen en liet zich in de fauteuil tegenover de rechercheur zakken.
De Cock wist dat ze achter in de veertig was. Voor haar leeftijd zag ze er nog goed uit. De huid van haar gezicht was wat tanig, maar het volle haar was nog natuurlijk zwart en haar benen waren welgevormd... al staken ze in een paar afschuwelijke sloffen.
'Hoelang was die jongen al bij je in huis?' herhaalde hij.
'Een maand of acht.'
'Betaalde hij op tijd?'
'Dat deed zijn moeder.'
'Uit Heemstede.'
Ze knikte.
'Die stuurde elke maand een cheque. Ik heb ook haar telefoonnummer... voor als er eens wat was.'
De Cock hield zijn hoofd scheef.
'Heb je haar al gebeld?'
Mevrouw Van Leeuwen schudde haar hoofd.
'Ik durf niet.' Ze sprak ineens zacht, bijna fluisterend. 'Ik moet je eerlijk zeggen, dat ik gewoon de moed niet kan opbrengen. Zie je, dat mens heeft al een zoon verloren.' Ze zweeg even; haar handen rustten in haar schoot.
Plotseling stond ze op. Ze trok haar hoofd in haar nek en haar peignoir viel open.
'Bovendien... wat moet ik hier met een jankend oud wijf.' Het klonk rauw, bijtend. 'Ik heb al genoeg ellende aan mijn hoofd.'
De Cock streek nadenkend met zijn pink over de rug van zijn neus. De plotselinge gemoedsverandering van de vrouw verbaasde hem niet. Hij kende het gedrag van die vrouwen van middelbare leeftijd, die zich in het roerige wereldje van de Amsterdamse binnen-

stad probeerden staande te houden. Hij gunde haar de tijd om af te reageren... om wat tot zichzelf te komen. In een verbitterde protesthouding kon hij weinig vertrouwelijkheden van haar verwachten. Hij trok in onbegrip zijn schouders op.
'Waarom zo hard, Mien,' vroeg hij na een poosje. 'Het is haar kind.'
'Ik ben niet hard.'
De Cock keek haar bestraffend aan.
'Waarom gedraag je je dan als een feeks?'
Op haar gezicht kroop weer wat rood onder haar tanige huid. Ze zwaaide heftig met beide handen.
'Heb jij wel eens een pension gerund? Moet jij telkens een gevecht leveren voor iedere cent waar je recht op hebt? Oppassen dat ze niet stiekem met hun koffertje pleite gaan?' Ze schudde haar hoofd; een sarcastische trek om haar mond. 'Nee, vadertje Staat zorgt er wel voor dat er elke maand keurig op tijd een girootje bij je in de bus valt.'
De Cock keek haar enige ogenblikken aan, verontschuldigend, half lachend. Hij hield de duim en wijsvinger van zijn rechterhand iets uit elkaar en stak die omhoog. 'Zo'n klein girootje. Mijn vrouw schreeuwt iedere maand dat ze er niet van rond kan komen.' Hij registreerde een glimlach op haar gezicht. 'En met Erik Baveling had je toch geen moeite... ik bedoel, financieel?'
'Nee.'
'Wat was het voor een jongen?'
Ze sloeg haar armen over elkaar en forceerde een koude rilling. 'Een zacht eitje. Begrijp je? Zo'n week geval. Niet echt lekker pittig. Te zacht, te week, en volgens mij veel te beschermd opgevoed. Zulke jongens moet je niet in een stad als Amsterdam loslaten. Die maken brokken. Dat kan gewoon niet uitblijven.'
'Wat voor brokken?'
Ze trok haar neus iets op.
'Ach... ze hebben geen weerstand... ze raken verslaafd aan de drugs, hebben op het laatst geen geld meer, moeten dan op het dievenpad en daar zijn ze niet geschikt voor en dan worden ze gepakt, vrijgelaten en weer gepakt, en weer gepakt...'
De Cock onderbrak haar.
'Je wist dus dat hij verslaafd was?'
Ze wees naar de telefoon aan de wand.

'Dat heeft zijn moeder mij verteld. Later kwam hij er ook zelf mee op de proppen... hoe moeilijk hij het had gehad... hoe er tijden waren dat hij er volkomen in had berust om eens aan de heroïne te sterven.' Er gleed plotseling een glimlach van vertedering langs haar mond. Het gaf aan haar gezicht een haast blijde expressie. 'Ik vind het toch wel knap van hem, dat hij van zijn verslaving is afgekomen. Daar is echt wel wat voor nodig. Hij studeerde ook hard de laatste tijd.'
De Cock knikte instemmend.
'Heb je enig idee waarom iemand het nodig vond om hem voor eeuwig te laten zwijgen?'
Mien van Leeuwen trok haar schouders op.
'Ik begrijp er niets van. Ik wilde ook eerst niet geloven dat hij dood was. Toen ik zijn kamer binnenkwam, dacht ik dat hij sliep, zo effen, in de fauteuil. Ik heb tegen hem staan schelden, omdat hij koffie had gezet.' Ze schudde haar hoofd en beet op haar onderlip. 'Ik ben soms een gek wijf... giftig om kleinigheden. Ik zag de dood niet, niet direct. Het heeft wel even geduurd voor ik begreep dat die jongen was vermoord.'
'Waar zag je dat aan?'
'Wat?'
'Dat hij was vermoord?'
Ze hield haar hals iets omhoog en wees daarna met uitgestoken wijsvingers. 'Ik zag die plekken in zijn nek. Ik ben toen hier naar die telefoon aan de wand gerend en heb gebeld. Ik was in paniek en kwaad op mijzelf omdat ik tegen die arme jongen had staan schelden. Toen kwam die collega van je, zo'n melkmuiltje nog, en die wilde vragen stellen. Nou, daar stond mijn hoofd niet naar. Ik heb hem gewoon mijn keuken uitgezwiept.'
'Dat was niet netjes.'
Ze maakte een vaag, verontschuldigend gebaartje.
'Die jonge rechercheurs zijn vaak zo arrogant, zo drukdoenerig. En daar kan ik niet tegen.'
De Cock negeerde het onderwerp.
'Had Erik vijanden?'
Ze schudde traag haar hoofd.
'Niet dat ik zo weet. Ik heb daar nooit iets van gemerkt... zolang hij bij mij woont. Ik weet uiteraard niet wat hij allemaal heeft uitgespookt toen hij nog verslaafd was. Dan zijn ze tot alles in

staat; roof, moord, noem maar op.' Ze zuchtte diep. 'Ik ken hem alleen als een rustige, vriendelijke jongen, die niemand een strobreed in de weg legde.'
'Onderhield hij nog relaties met mensen uit zijn vroegere drugsscene?'
Ze maakte een weifelend gebaartje.
'Alleen met Jean-Paul.'
De Cock kromp iets in elkaar. De naam geselde zijn rug.
'Jean-Paul?' herhaalde hij gespannen.
Ze knikte nadrukkelijk.
'Jean-Paul Stappert... hij woont hier boven. Zijn kamer grenst aan die van Erik.'
De Cock drukte een brok uit zijn keel.
'Wij... eh, wij... eh,' aarzelde hij, 'wij hebben Jean-Paul Stappert ruim een uur geleden aan de wallekant van de Keizersgracht gevonden... vermoord.'
Verbijstering kroop over haar gezicht.
'Vermoord?' herhaalde ze ontzet.
De Cock knikte met een ernstig gezicht.
'Gewurgd... net als Erik.'
Mevrouw Van Leeuwen staarde de oude rechercheur aan. Het duurde even voor de waarheid tot haar doordrong. Toen viel haar mond open en zakte ze langzaam ineen. Met grote, nietsziende ogen gleed ze bewusteloos uit haar fauteuil.

4

Vledder schoof zijn oude schrijfmachine van zich af en keek De Cock, die tegenover hem zat, verwachtingsvol aan.
'En?'
'Wat?'
'Hoe was het in de hol van de leeuw?'
'Je bedoelt de achterkamer van mevrouw Van Leeuwen?'
Vledder grinnikte.
'Is dat niet hetzelfde?'
Over het gelaat van De Cock, vol diepe groeven, gleed een milde

glimlach. 'Ach,' sprak hij vergoelijkend. 'Ze viel best mee.'
Vledder maakte een grimas.
'Je had moeten horen hoe ze tegen mij tekeer ging. Daar lusten de honden geen brood van. Ik heb mij maar teruggetrokken. Als ik in haar keuken was gebleven, had ze mij ter plekke verscheurd.'
De Cock maakte een lichte schouderbeweging.
'Weet je, Mien van Leeuwen is een vrouw die je met het grootste gemak een honkbalknuppel in je nek legt en het volgende ogenblik staat te grienen bij een lieveheersbeestje met een lam vleugeltje.'
'Een lekkere tante.'
De Cock glimlachte.
'Ik ken haar nog uit de tijd dat ze als prostituée op de Wallen zat. Ze noemden haar Zotte Mien, omdat ze op zwoele zomeravonden op het Oudekerksplein voor de ingang van de Oudekerk zonder broekje danste. Als ze dan haar rokken hoog opzwiepte, kon je alles bij haar zien.'
'Een publieke attractie.'
De Cock knikte.
'Dat was het. Inderdaad. Ik heb wel eens stiekem tussen de anderen staan kijken.' De oude man zweeg even; verwijlde met zijn gedachten in herinneringen. 'Ze kreeg een steenhouwer bij haar als klant. Hij heette Jan... Jan van Leeuwen. Hij was bijna twintig jaar ouder dan zij en had een stoflong, waardoor hij niet meer kon werken. Op een dag zei hij tegen haar dat hij van haar hield. Omdat niemand dat nog ooit in alle oprechtheid tegen haar had gezegd, liet Mien de business voor de business en kocht van haar gespaarde centjes dat pension. Ze heeft er keihard in gewerkt, van 's morgens vroeg tot 's avonds laat, maar het is feitelijk nooit iets geworden. Vijf jaar geleden stierf Jan van Leeuwen aan de gevolgen van zijn stoflong. Sindsdien is Mien wat verbitterd.'
Een tijdlang zwegen beiden. Het was Vledder die de stilte verbrak.
'Zei ze nog wat?'
'Hoe bedoel je?'
'Over de moorden?'
De Cock wuifde in zijn richting.
'Ze waren vrienden.'
Vledder keek hem verwonderd aan.
'Jean-Paul Stappert en Erik Baveling?'
De Cock knikte.

'Volgens de pensionhoudster gingen ze heel vriendschappelijk met elkaar om.'
'Hoe vriendschappelijk?'
De Cock maakte een weifelend gebaartje.
'Hun kamers in het pension grensden aan elkaar. Omdat de kamer van Erik Baveling groter was, lichter en ruimer, bracht Jean-Paul Stappert daar de meeste tijd door. Zijn eigen kamer gebruikte hij feitelijk alleen maar om te slapen.'
Vledder boog zich iets naar hem toe.
'Was er sprake van een homofiele relatie?'
De Cock wreef over zijn kin.
'De pensionhoudster heeft er met geen woord over gerept. Ik heb het haar ook niet gevraagd. Maar als ik mevrouw Van Leeuwen goed inschat, dan zou ze mij dat zeker hebben verteld.'
'Als ze homofiel waren.'
'Precies. Van zo'n geheim had ze mij onmiddellijk deelgenoot gemaakt. Ze vond Erik Baveling wel een wat weke, zachte jongen.'
'Was ze erg openhartig?'
De Cock antwoordde niet direct. In gedachten ging hij het gesprek nog eens na. 'Ik heb in mijn leven slechts eenmaal ambtelijk iets met haar van doen gehad,' sprak hij nadenkend. 'Dat was in verband met een vermeende brandstichting kort na de dood van haar man. Ik denk dat ze het toen niet meer zo duidelijk zag zitten en het hele pension aan de vlammen prijs wilde geven. Ik bracht haar dat in herinnering. En dat hielp. Aanvankelijk was ze nog wat stug, maar dat duurde niet lang. Ik ontdekte bij haar ook wel enige bewogenheid met het lot van de beide jongens. Ik vond het alleen vreemd dat ze flauwviel.'
'Wat?'
De Cock trok zijn mondhoeken omhoog.
'Ik vroeg haar of Erik Baveling nog relaties onderhield met lieden uit zijn vroegere drugs-scene. Ze zei... dat voor zover haar bekend... Erik alleen omgang had met Jean-Paul Stappert, die in de kamer naast hem woonde. Toen ik haar vertelde, dat wij diezelfde Jean-Paul Stappert vermoord op de Keizersgracht hadden gevonden, zakte ze bewusteloos uit haar fauteuil.' Hij zweeg even en glimlachte bij de herinnering. 'Het was een zot gezicht.'
'Hoe bedoel je?'

'Ze deed niet de minste moeite om het ''bevallig'' te doen.'
'Het was dus niet gespeeld?'
De Cock schudde zijn hoofd.
'Zeker niet. Het duurde ook een minuut of wat voor ze weer tot haar positieven kwam... niet met het klassieke ''waar ben ik?'', maar met een diepe zucht en een blik van herkenning in haar ogen.'
Vledder trok een dwarse denkrimpel in zijn voorhoofd.
'Toch is het onbegrijpelijk. De moord op Erik Baveling onder haar eigen dak, een moord die ze nota bene zelf ontdekt laat haar onverschillig, althans, dat is de eerste indruk die ze bij ons vestigt, maar als haar wordt verteld dat Jean-Paul Stappert is vermoord, grijpt haar dat zo aan, dat ze het niet kan verwerken en bewusteloos onderuit gaat.'
De Cock knikte instemmend.
'Ik zei je al... ik vond het vreemd. Dat heb ik ook later tegen haar gezegd.'
'En?'
De Cock ademde diep.
'Ze zei, dat het vermoedelijk kwam door alles wat ze die avond te verwerken had gekregen. Ze voelde zich de laatste tijd al niet zo prettig. Het bericht, dat ook Jean-Paul Stappert was vermoord, kon ze niet meer aan. Het was haar net iets te veel.'
Vledder snoof.
'Daar viel weinig tegen in te brengen.'
De Cock schudde zijn hoofd.
'Ik heb ook niet verder aangedrongen. Dat leek mij niet zinvol. Haar verklaring klonk plausibel, al had ik soms het gevoel dat ze meer wist... dat ze bepaalde dingen voor mij verzweeg. Maar ze zag er zo onttakeld uit, dat ik het verhoor heb gestopt. Ik heb nog aangeboden een dokter voor haar te waarschuwen, maar dat wees ze zonder meer van de hand. Ik had ook niet anders verwacht.'
Vledder keek gespannen naar hem op.
'Zou ze er iets mee te maken hebben?'
De Cock streek met zijn hand over zijn breed gezicht.
'Met beide moorden?'
Er was een ondertoon van twijfel.
'Kan dat niet?'
'Het kan wel.' Het klonk bedachtzaam. 'Als ze de tijd had.'
'Waarvoor?'

Op het markante gezicht van De Cock verscheen een grijns.
'Om van de Keizersgracht naar haar pension aan de Prins Hendrikkade te gaan... of omgekeerd.' Hij tikte met zijn opgestoken wijsvinger tegen zijn neus. 'Er is weinig ruimte tussen de beide moorden... in tijd. Hoewel de tijdstippen van overlijden – denk aan de uitspraken van dr. Den Koninghe – technisch nooit exact zijn vast te stellen, kunnen we er toch wel van uitgaan dat de beide jongemannen zo rond de klok van tien uur 's avonds, kort na elkaar zijn vermoord. Vermoedelijk is het verschil nog geen half uur. Mogelijk nog korter.'
Vledder kneep zijn lippen op elkaar.
'Dat was hard werken voor de moordenaar,' sprak hij spottend. 'In zo'n kort tijdsbestek twee mensen...' Hij maakte zijn zin niet af, keek naar De Cock op. 'Als we aannemen, dat beiden door een en dezelfde man of vrouw werden omgebracht.'
De Cock knikte traag.
'Gezien de modus operandi... de wijze waarop de beide jongemannen zijn vermoord... de vrijwel identieke wurggrepen... is dat een redelijk uitgangspunt.'
Vledder staarde een tijdje in het niets.
'We moeten dus zoeken,' sprak hij nadenkend, 'naar een man of vrouw die een relatie had met beide slachtoffers.'
De Cock keek hem bewonderend aan.
'Heel goed, Dick.'
De lof wond Vledder op.
'Het motief ligt dan niet bij Jean-Paul Stappert of bij Erik Baveling, maar bij die twee als... eh, als een duo, een twee-eenheid.' Hij trok zijn gezicht in een ernstige plooi. 'In dat licht bezien,' ging hij opgewekt verder, 'zou de pensionhoudster, die mevrouw Van Leeuwen, of iemand anders uit het pension, gewoon een ideale verdachte zijn.' Hij zwaaide wat verhit. 'Alle mensen uit het pension hebben een zekere relatie tot die twee... een relatie, waarin wij alleen maar het motief voor de beide wurgmoorden moeten ontdekken.'
De Cock reageerde niet. Er was iets dat hem hinderde. Hij had het stellige gevoel, dat er in de gedachtenopbouw hiaten waren geslopen, onvolkomenheden... dat de werkelijkheid toch anders was. Hij wreef met zijn duim en wijsvinger in zijn ooghoeken. Het was laat geworden, te laat om nog van een behoorlijke nachtrust te

kunnen genieten. Toen hij eindelijk in zijn bed lag, had hij de slaap niet kunnen vatten. De vraag naar het hoe en waarom van de beide moorden was in zijn gedachten blijven spoken. Het antwoord had hij niet kunnen vinden. Het was alsof over zijn denken een zekere loomheid lag. Na het opstaan had een koude douche die grauwsluier niet kunnen wegspoelen. Ook nu nog viel het hem moeilijk om het raderwerk van zijn denken redelijk op gang te houden. Het liefst zakte hij weg in een zoete sluimer, dromend van een zalige wereld met louter leuke lieve mensen.
Vledder draaide enthousiast door.
'Hebben we de namen van de bewoners van het pension?'
De Cock keek wat lodderig op.
'Wat?'
Vledder gebaarde heftig met zijn armen.
'De namen van de pensiongasten. We kunnen eerst kijken of ze bij ons in de administratie...' Hij stokte. Er werd dringend geklopt.
De Cock en Vledder keken naar de deur van de recherchekamer. Op het geribde glas bewoog het silhouet van een figuur in een wijde cape met capuchon. Vledder riep: 'Binnen.' Het klonk wat benepen.
Het duurde nog geruime tijd voor de deur langzaam openging. In de deuropening verscheen een zwaargebouwde man. In een theatraal gebaar schoof hij zijn capuchon naar achteren en liep op hen toe, traag en met een vage glimlach om zijn lippen.
De Cock bezag zijn slepende tred; het trekken van zijn linkerbeen. Langzaam gleed zijn blik langs de wijde cape omhoog. Hij schatte de man op achter in de veertig. Hij had een bol, vlezig gezicht met roodgeaderde wangen en een volle snor. Lang, grijzend haar golfde tot op zijn schouders.
De Cock trok rimpels in zijn voorhoofd. Er was iets aan de man dat hem vertrouwd was. Hij kende hem... had hem eens gezien, maar op de rommelige zolderkamer van zijn herinnering kon hij de juiste rubriek niet vinden... nog niet. Koortsachtig zocht hij.
Hij stond op en schoof een stoel bij zijn bureau. Met een hoffelijke buiging liet hij de man daarop plaatsnemen.
'Mijn naam is De Cock,' sprak hij vriendelijk, 'met ceeooceekaa.' Hij maakte een armgebaar naar de jonge rechercheur tegenover hem. 'En dat is Vledder, mijn onvolprezen hulp en hoop voor de toekomst.'

De man glimlachte en haakte zijn cape los.
'Ik ben Alex Waardenburg.' Hij zweeg even voor het effect. 'Misschien kent u mij?'
De Cock hield zijn hoofd iets schuin.
'U komt mij inderdaad wel bekend voor,' sprak hij weifelend. 'Ik heb u, meen ik, wel eens ergens...'
De heer Waardenburg wuifde de rest van de zin weg.
'Ik ben al vele jaren tweede violist bij het Stedelijk Symfonie Orkest.' Hij sprak met een welluidende basstem. 'Maar sinds wij voor de televisie een serie uitvoeringen hebben gegeven... heel succesvol, mag ik wel zeggen... en mijn gezicht een paar maal op het scherm is verschenen, schijnen veel mensen mij te kennen.' Hij voegde er nonchalant aan toe: 'Vandaar mijn vraag, begrijpt u?'
De Cock glimlachte beleefd.
'Waarmee kunnen we u van dienst zijn?'
Alex Waardenburg stak zijn linkerhand in een greep omhoog. 'Het spelen van de tweede viool is niet mijn enige bezigheid. Ik ben ook muziekpedagoog.'
De Cock liet de levendige lijnen rond zijn mond wat dansen. 'U geeft muziekles.'
De heer Waardenburg plooide zijn lippen in een tuitje. 'Muziekles'. Hij proefde het woord op zijn tong. 'Het klinkt wat banaal... wat gewoontjes, maar zo mag u het best noemen. Ik doe het overigens niet voor het gewin... voor de verdiensten. Dat is in mijn situatie ook niet nodig. Ik mag mij gelukkig prijzen financieel onafhankelijk te zijn.' Hij lachte jolig. 'Inspanningen van mijn overgrootvader, die op tijd de juiste aandelen kocht en verkocht.' Hij veranderde van toon. 'Ik begeleid jonge mensen voor mijn genoegen... omdat ik er plezier aan beleef jong talent in de muzikale ontwikkeling te volgen en bij te staan. Ik moet u zeggen... heel boeiend.'
De Cock knikte.
'Dat lijkt mij ook. Talenten zijn schaars. Men dient ze te koesteren.' Hij zweeg even; blikte naar de heer Waardenburg op. 'Ik neem echter niet aan, dat u alleen naar het bureau Warmoesstraat bent getogen om mij dat te vertellen.'
Het gezicht van de muziekpedagoog versomberde.
'Ik... eh, ik heb vernomen,' sprak hij zacht, 'dat op de Keizersgracht, aan de wallekant tussen de auto's ongeveer ter hoogte van

mijn huis, het lijk van een jongeman is gevonden.'
'Dat klopt.'
Alex Waardenburg slikte.
'Ik... eh, ik wilde u vragen of ik hem zou mogen zien. Ik denk dat ik hem kan identificeren.'
De ogen van De Cock vernauwden zich.
'Waarom denkt u dat?'
De heer Waardenburg antwoordde niet direct. Hij streek met de rug van zijn hand langs zijn droge lippen. 'Het is wat verwarrend, misschien kan ik u beter het hele verhaal vertellen.'
De Cock knikte hem instemmend toe.
'Zoals u wilt.'
Alex Waardenburg verschoof iets op zijn stoel.
'Ongeveer een half jaar geleden kwam er een jongeman bij mij aan huis en vroeg of ik hem les wilde geven. Hij zag er heel anders uit dan de jongeren die zich gewoonlijk bij mij presenteren. Hij was veel slechter gekleed, slonziger en veel ouder. Hij was mager. Ik schatte hem wel op vijfentwintig jaar. Ik voelde er weinig voor hem aan te nemen. Ik heb wel een paar oudere leerlingen, maar wil men in de muziek iets bereiken, dan dient men heel jong te beginnen. Bovendien bespeelde de jongeman geen enkel instrument. Hij kende niet eens het notenschrift. Het was voor mij feitelijk een onmogelijke...'
De Cock onderbrak zijn woordenstroom.
'U nam hem toch als leerling aan?'
De muziekpedagoog knikte.
'Ik heb mij er zelf over verwonderd. Het kwam, geloof ik, door zijn enthousiasme... zijn ongebreidelde wil om zich dingen eigen te maken. Dat straalde hij uit. Het was een lust om te zien hoe hij alles wat met muziek te maken had, opzoog... hij was onverzadigbaar... alsof hij de vele jaren van achterstand in enkele maanden wilde inlopen.'
'Maakte hij vorderingen?'
'Zeker. Hij kreeg het muziekschrift al aardig onder de knie.'
'Hoe vaak gaf u hem les?'
'Dagelijks, behalve de weekeinden en wanneer ik met het orkest moest optreden.'
'Welke tijden?'
'Altijd 's avonds van tien tot elf uur. Soms liep het wel eens een

half uurtje uit.'
De Cock knikte begrijpend.
'Moest u gisteravond optreden?'
'Nee.'
'Dan had hij dus om tien uur gisteravond bij u moeten zijn.'
'Ja.'
De Cock keek hem doordringend aan.
'En hij kwam niet?'
'Nee.'
'Vond u dat niet vreemd?'
De muziekpedagoog schudde zijn hoofd.
'Het gebeurt wel meer dat leerlingen zonder enige aankondiging verstek laten gaan.'
Het gezicht van De Cock verstarde tot een strak masker. Hij boog zich iets naar de man toe.
'Zo'n leerling was hij niet, heer Waardenburg,' reageerde hij fel. 'Jean-Paul Stappert wilde niets missen. Geen enkel lesuur. Hoe zei u dat ook weer? O ja, *hij zoog alles wat met muziek te maken had op... hij was onverzadigbaar... alsof hij vele jaren van achterstand in enkele maanden wilde inlopen.'*
Alex Waardenburg spreidde zijn beide machtige armen in onschuld. 'Jean-Paul,' riep hij verongelijkt, 'is vijfentwintig jaar. Een volwassen man met een eigen leven. Een man die de mentale kracht had om zich aan een drugsverslaving te ontworstelen. Moet ik het vreemd vinden dat zo'n man niet op tijd op een ''muziekles'' verschijnt?'
De Cock keek hem onderzoekend aan.
'Hoe intiem was u met hem?'
'Ik weet niet wat u met die vraag bedoelt.'
'Bent u homofiel?'
'Ik heb een vrouw en een zoon van zevenentwintig.'
'Dat is geen antwoord. Had u met Jean-Paul Stappert een homofiele relatie?'
'Nee... ik was zijn muziekleraar... meer niet.'
'Had Jean-Paul wel eens meer een les verzuimd?'
'Nee.'
'En toch vond u het gisteravond niet vreemd dat hij niet kwam opdagen?'
Alex Waardenburg sprong op van zijn stoel.

'Ik vond het niet vreemd.' Hij schreeuwde. 'Ik vond het helemaal niet vreemd.' Hij zweeg even en liet zijn kin op zijn borst zakken. 'Ik was alleen bang.'
'Waarvoor?'
'Dat hem iets was overkomen.'
'Waarom?'
Alex Waardenburg ging weer zitten en bracht beide handen voor zijn gezicht. Hij zei niets.
De Cock bracht zijn gezicht dichtbij hem.
'Waarom was u bang dat hem iets was overkomen?'
De muziekpedagoog nam zijn handen weg van zijn gezicht.
'Jean-Paul,' sprak hij zacht, 'was een bijzondere jongeman. Ik had in mijn leven nog nooit zo'n persoonlijkheid ontmoet. Hij bezat een sterke uitstraling. Ik betrapte mij er soms op, dat ik hem antwoorden gaf op vragen die nog niet over zijn lippen waren gekomen, maar die hij in zijn gedachten al wel had geformuleerd. Het was een wonderlijke ervaring. Ik was vaak zonder woorden al deelgenoot van zijn denken.' Hij zuchtte diep. 'Gisteravond dacht Jean-Paul dat zijn eigen dood naderde.'
De Cock slikte.
'En u deed niets?'
Alex Waardenburg kneep zijn beide ogen dicht. Het was duidelijk dat de vragen van de oude rechercheur hem martelden.
'Wat had ik moeten doen?' Het was een kreet van wanhoop. 'Ik wist het niet. Ik voelde alleen maar dat hij bang was.'
'Voor de dood.'
'Ja.'
'En hij was op weg naar u.'
Alex Waardenburg staarde hem verbijsterd aan.
'Ik... eh, ik was het niet. Ik was het niet. Ik heb met zijn dood niets te maken.'
'Wie zegt dat?'
De muziekpedagoog grinnikte vreemd schaapachtig.
'U zou het kunnen denken... omdat... omdat Jean-Paul aan de waterkant zo dicht bij mijn huis werd gevonden en zijn dood aanvoelde toen hij mijn huis naderde.'
Hij grinnikte opnieuw. Het leek alsof aan zijn gezicht elke uitdrukking van intelligentie werd ontnomen. 'Maar dat zijn coïncidenties... pure toevalligheden. De dood heeft zijn eigen wetten.' Hij

stak zijn beide handen trillend vooruit. 'Jean-Paul had geen enkele reden om voor mij of mijn huis bevreesd te zijn. Integendeel, in mijn hart huisde voor hem slechts genegenheid, vriendschap en bewondering.'
De Cock krabde zich achter in zijn nek. Hij wist met de zweverige, soms wat vreemd acterende muziekpedagoog niet goed raad. Er waren momenten, dat het leek alsof de man zichzelf beschuldigde... de aandacht voor de moord op Jean-Paul Stappert geheel naar zich toetrok. Maar het bleef alles vaag en zonder contouren. Hij zakte wat terug in zijn stoel.
'Wanneer wist u dat Jean-Paul dood was?'
Alex Waardenburg antwoordde niet direct. Hij drukte met zijn handpalmen tegen zijn slapen.
'Na tien uur,' sprak hij nadenkend, 'viel het contact weg. Ik ontving geen signalen meer. Dat maakte mij ongerust... ongeruster dan toen ik nog wel impulsen voelde.'
'Toch bleef u thuis?'
De muziekpedagoog schudde zijn hoofd.
'Toen Jean-Paul er om kwart over tien nog niet was, ben ik de straat op gegaan.'
'Waarheen?'
'Naar zijn pension aan de Prins Hendrikkade.'
De Cock drukte zich met een ruk omhoog van zijn stoel.
'En?'
Alex Waardenburg schudde zijn hoofd. Zijn ogen waren groot en zijn gezicht zag asgrauw.
'Jean-Paul was daar niet. In zijn stoel zat een andere dode jongen.'

5

Toen Alex Waardenburg was vertrokken en zijn slepende voetstappen in de gang waren verstomd, sprong Vledder van zijn stoel op. Er lagen blosjes op zijn wangen. In een wild gebaar van wanhoop stak hij zijn beide armen omhoog.
'Nonsens,' riep hij geagiteerd. 'Pure nonsens.'
De Cock keek verstrooid op.

'Wat?'
Dick Vledder liep op hem toe.
'Dat geklets over impulsen, uitstralingen. Dat is toch pure nonsens. Hoe wist Jean-Paul Stappert, dat zijn dood naderde? Hoe kon hij weten dat een of andere idioot het in zijn hoofd had gehaald om zijn keel dicht te knijpen? En wat nog dwazer is: Hoe wist die Alex Waardenburg, dat Jean-Paul voelde, dat zijn dood nabij was? Wat hadden ze... een walkie-talkie?'
Het klonk spottend en De Cock lachte.
'Zoiets.'
Vledder wond zich op.
'Ik heb met stomme verbazing zitten luisteren.'
'Hoezo?'
Vledder zwaaide met beide armen.
'Jij ging er serieus op in. Het leek alsof je alles wat die Alex Waardenburg zei voor zoete koek slikte.' Hij schoof een stoel bij en ging er achterstevoren op zitten. 'Weet je waar we mee bezig zijn, De Cock? Weet je het nog? Gewoon... het oplossen van een paar moorden. Geen ongrijpbaar, zweverig gedoe over mensen die hun dood voelen naderen.'
De Cock glimlachte.
'Ik geloof dat je me nu toch verkeerd beoordeelt. Ik weet verdomd goed waar ik mee bezig ben. Dat zal, onder welke omstandigheden dan ook, nooit uit mijn achterhoofd verdwijnen. Maar zeg nu eens heel eerlijk; wat had ik moeten doen? Had ik van het begin af tegen die Waardenburg moeten zeggen dat ik niet bereid was naar zijn... eh, zijn nonsens te luisteren? Dat leek mij geen goede tactiek. Ik heb geprobeerd zijn gevoelsleven te volgen en heb daar waar nodig op ingehaakt.'
Vledder zuchtte.
'Het was soms niet om aan te horen. Er waren momenten dat ik tussenbeide had willen komen.'
De Cock trok groeven in zijn voorhoofd.
'Ik ben blij dat je dat niet hebt gedaan. Dan was hij misschien minder openhartig geweest. Hoe je het ook beziet die Alex Waardenburg is een rare vent. Ik ga er per se van uit, dat er tussen hem en Jean-Paul Stappert een bijzondere relatie heeft bestaan. Herinner je je nog wat hij zei... *Ik gaf hem antwoord op vragen die nog niet over zijn lippen waren gekomen... ik was vaak zonder woor-*

den al deelgenoot van zijn denken... Begrijp je, dat is griezelig.'
Vledder grinnikte.
'Als het waar is.'
De Cock negeerde de opmerking.
'Er waren toch een paar opmerkelijke dingen in zijn betoog. Toen Jean-Paul om kwart over tien nog niet was verschenen, dreven de impulsen – of het uitblijven daarvan – Alex Waardenburg naar het pension aan de Prins Hendrikkade, waar hij de dode Erik Baveling in zijn stoel aantrof.' De Cock stak waarschuwend de wijsvinger van zijn rechterhand omhoog. 'Dat is wat Alex Waardenburg ons vertelt... wat hij ons wil doen geloven.'
Vledder keek hem niet begrijpend aan.
'Daarvoor kwam hij toch. We hebben hem niet geroepen.'
De Cock wees in zijn richting.
'Jij gelooft niet in die impulsen... aan dat gedachtenlezen. Wel, als het niet die impulsen waren... of het wegvallen van het contact, zoals hij dat noemde... waarom toog Alex Waardenburg dan naar het pension? Was hij ongerust over het wegblijven van Jean-Paul... of waren er nog andere motieven?'
Vledder knikte nadrukkelijk.
'Andere motieven.'
'Welke?'
Vledder trok zijn schouders op.
'Dat zal nog uit ons onderzoek moeten blijken. In ieder geval wist hij waar Jean-Paul Stappert woonde en het lijkt mij zinnig om te weten of hij vaker in dat pension aan de Prins Hendrikkade is geweest.' Hij zweeg even voor het effect. 'Begrijp je, De Cock, dan kende Alex Waardenburg niet alleen Jean-Paul Stappert, maar ook Erik Baveling.'
De Cock keek zijn jonge collega wat schuins aan.
'En dan past Alex Waardenburg precies in jouw theorie dat de moordenaar een relatie moet hebben gehad met beide vermoorde jongemannen.'
Vledder glunderde.
'Je zult zien dat ik dit keer gelijk krijg.'
De Cock trok een waarderend gezicht.
'Het zal eens tijd worden.' Hij veranderde van toon. 'Ik moet je toch zeggen, dat het mij opvalt... je geeft soms blijk van enige intelligentie.'

De jonge rechercheur stond van zijn stoel op en gromde onverstaanbare klanken. De Cock lachte smakelijk. Soms prikkelde hij het denken van zijn vroegere leerling met een milde spot. Het was nooit kwaadaardig, nooit werkelijk vernederend, daarvoor voelde hij zich te sterk met de jongeman verbonden. In de vele, vaak mysterieuze zaken die ze beiden tot klaarheid hadden gebracht, in hachelijke momenten van groot gevaar, was tussen hem en Vledder een band gegroeid die intenser was en die verder reikte dan de normale vriendschappelijke collegialiteit.
De telefoon op het bureau van De Cock rinkelde. Hij reikte naar het toestel, maar Vledder had de hoorn snel opgenomen en luisterde. Na enige seconden dekte hij het spreekgedeelte met zijn hand af en keek De Cock aan.
'Beneden aan de balie staat mevrouw Baveling. Volgens de wachtcommandant weet ze al alles over de dood van haar zoon. Ze wil nu met ons praten.'
De Cock knikte.
'Laat haar boven komen.'

De Cock liep loom op haar toe, met neerhangende schouders. Hij hield zijn hoofd iets gebogen en op zijn gezicht lag een droevige trek. Zijn gehele houding was een symbool... een expressie van verdriet en medeleven. Het was niet gespeeld, geen loos gelegenheidsgebaar. Hij voelde oprechte deernis met het leed van de vrouw. Aarzelend drukte hij haar de hand. 'Ik condoleer u,' sprak hij plechtig, 'met de dood van uw zoon Erik.'
Hij leidde haar naar de stoel naast zijn bureau. 'Ik heb vernomen dat u nog niet zo lang geleden ook al door een zwaar verlies bent getroffen.'
Mevrouw Baveling boog haar hoofd. 'Mijn Ricky... anderhalf jaar geleden... door de drugs.' Ze zuchtte diep. 'Ik was juist zo blij dat het zo goed ging met Erik. Hij gebruikte niet meer en studeerde hard. Het kwam door die vriend van hem. Die stimuleerde hem geweldig.'
'U bedoelt Jean-Paul Stappert.'
Haar onderlip begon te trillen.
'En die jongen... die jongen hebben ze ook vermoord. Het is... het is gewoon bestiaal.'
De Cock ging achter zijn bureau zitten. Hij had haar willen zeggen

dat ze de dieren onrecht deed, maar beheerste zich. Hij leunde achterover in zijn stoel. Zijn scherpe blik tastte haar gelaatstrekken af. Hij schatte haar op rond de vijftig jaar. Mogelijk nog iets jonger. Ze was lang en slank en ze had een mooi, gelijkmatig, ovaal gezicht met donkere amandelvormige ogen. Ze glansden in tranen.
'U was al bij de pensionhoudster?'
Mevrouw Baveling liet haar hoofd iets zakken.
'Ze heeft mij gebeld. Eerst vanmorgen vroeg. Ze vertelde mij dat ze de gehele nacht niet had geslapen... dat ze steeds niet de moed had kunnen opbrengen om mij te vertellen wat er was gebeurd.' Ze zweeg, opende de handtas op haar schoot en nam daaruit een minuscuul zakdoekje. Voorzichtig bette ze haar ogen. 'Mevrouw Van Leeuwen,' ging ze verder, 'was de laatste maanden een grote steun voor mij. Ze hield mij volledig van alles op de hoogte... over Erik.'
De Cock knikte begrijpend.
'Heeft ze u ook van Jean-Paul Stappert verteld... ik bedoel van zijn dood?'
Mevrouw Baveling knikte. Er kwamen blosjes op haar wangen. 'Wat bezielt iemand om die twee jongens dood te maken?' In haar stem trilde woede en wanhoop. 'Wat heeft dat voor zin?'
De Cock plukte aan het puntje van zijn neus.
'U denkt dat de beide jongens door één en dezelfde man of vrouw zijn vermoord?'
Mevrouw Baveling keek naar hem op.
'Dat moet toch haast wel. Ze zijn beiden gewurgd.'
De Cock ging niet verder op het onderwerp in.
'U had een goed contact met Erik?'
'Zeker.'
'Ik bedoel, niet alleen middels de telefonische mededelingen van de pensionhoudster.'
Mevrouw Baveling schudde haar hoofd.
'Erik kwam vaak naar Heemstede. Vooral sinds de dood van Ricky is er tussen hem en mij een hechte band ontstaan. Sterker dan voordien. Ik weet ook dat Erik de drugs mede heeft afgezworen ter wille van mij. Ik hield hem steeds voor, dat ik niet nog een tweede zoon aan de heroïne wilde verliezen.' Er kwamen weer tranen in haar ogen. 'En nu is hij toch dood.' Haar gezicht verstarde. Om

haar mond kwam een harde trek. Ze richtte een felle blik op De Cock. In haar donkere ogen blonk haat door de tranen heen. 'U vindt hem toch... de moordenaar. U moet hem vinden... hoort u... U moet hem vinden.'
De Cock wreef met zijn vlakke hand over zijn gezicht. De plotselinge gemoedsverandering van de vrouw verwarde hem een beetje.
'Ik... eh, ik zal mijn best doen.' Het klonk als een verontschuldiging bij voorbaat. 'Ik kan u uiteraard niets garanderen.'
De harde trek op haar gezicht verdween.
'Dat begrijp ik.' Haar toon was milder. 'Maar het lijkt alles zo zinloos, zo onbegrijpelijk. Dat maakt een mens opstandig. Je vraagt je af... wat heeft zich in het brein van de moordenaar afgespeeld?'
De Cock schonk haar een matte glimlach.
'Dat weten alleen de moordenaar... en God.'
Mevrouw Baveling blikte voor zich uit. Ze reageerde niet. Het onderwerp 'God' scheen haar niet te interesseren. De Cock trok zijn stoel bij en boog zich iets naar haar toe.
'Bent u de enige die zich het lot van uw zoon aantrekt? Ik bedoel, heeft u geen echtgenoot?'
Rond haar lippen speelde een trieste glimlach.
'Mijn man heeft zich nooit voor Erik en Ricky geïnteresseerd. Ook niet toen ze nog jong waren. Ik denk dat hij zich in hen teleurgesteld voelde. Ik heb dat nooit goed begrepen. Hij heeft maar één zoon... Ramón... de oudste en de sterkste. Hij lijkt ook veel op hem... standvastig en overheersend... een man met een sterke wil. Erik en Ricky leken meer op mij... zachter, gevoeliger.' Ze trok haar schouders iets op. 'En kwetsbaarder.'
De Cock knikte begrijpend.
'Daarom vervielen ze ook aan de drugs.'
Het klonk hatelijker en harder dan zijn bedoeling was.
Mevrouw Baveling keek de grijze man tegenover haar verwijtend aan. 'Ze waren geen slappelingen... als u dat bedoelt. Ricky heeft lang tegen zijn verslaving gevochten. Er waren zelfs tijden dat hij nauwelijks nog iets gebruikte. Uiteindelijk ging hij er onderdoor. Een overdosis. In mijn hart geloof ik dat het een vlucht was... een zelfmoord om voorgoed van de ellende verlost te zijn.' Ze zweeg even nadenkend. 'Maar Erik had toch de kracht om zich vrij te maken.'

De Cock voelde dat hij zich had vergaloppeerd.
'Ik wil geen smet werpen op uw beide zoons,' sprak hij verontschuldigend. 'Ik heb daar het recht niet toe. Ik heb ze niet gekend en weet niet onder welke omstandigheden zij verslaafd zijn geraakt. Jonge mensen hebben vaak moeilijkheden, waarvan...'
Ze onderbrak De Cock. Haar ogen schoten vuur en fel schreeuwde ze: 'Ik wel.' Ze gesticuleerde wild. 'Ik weet wel hoe het is gebeurd. Het was Ramón... hij heeft die twee vergiftigd. Opzettelijk. Hij nam heroïne voor hen mee... als een test.'
De Cock keek haar vraged aan.
'Test?' herhaalde hij verward.
Mevrouw Baveling knikte heftig.
'Hij maakte... uiteraard zonder dat mijn man en ik dat wisten... met Erik en Ricky de afspraak dat ze een week lang dat spul dagelijks zouden gebruiken. Na die week zou blijken wie van hen zo weinig wilskracht had dat hij er niet meer buiten kon.'
De Cock kneep zijn beide ogen even dicht om de gedachte te verwerken.
'Ongelooflijk,' stamelde hij na een poosje. 'Hoe komt iemand op dat idee.'
Mevrouw Baveling zuchtte diep.
'Ramón doorstond de test glansrijk. Hij wist als kind al precies wat hij wilde.'
De Cock slikte.
'Maar Erik en Ricky raakten verslaafd.'
Mevrouw Baveling knikte triest en afwezig voor zich uit. 'Ramón genoot openlijk van hun verslaving. Hij maakte daar geen geheim van. Op Ricky's sterfdag ging hij met vrienden uit om... zo hij zei... zijn overwinning te vieren.' Plotseling stokte ze en staarde De Cock met grote angstige ogen aan. Het was alsof een verschrikkelijke gedachte bezit van haar nam.
'Ramón...' zij ademde diep, geschrokken. 'Ramón... toen hij van mij hoorde dat Erik niet langer verslaafd was, dat Erik zich van de heroïne had vrijgemaakt... stikte hij bijna van teleurstelling en woede.'

6

Vledder staarde De Cock aan met een blik vol ongeloof. 'Dat... eh, dat is niet menselijk meer. Dat is demonisch. Een produkt van een verziekte geest. Denk je eens in... om je eigen superioriteit te bewijzen stort je je beide broers in het verderf.'
De Cock staarde voor zich uit. Hij had nog moeite om het idee te verwerken. 'We zullen die Ramón eens moeten benaderen,' sprak hij nadenkend.
Vledder was in de war gebracht.
'Ramón... waarover? Het feit dat hij zijn beide broers verslaafd maakte, is niet strafbaar. Dan zou je alle heroïnegebruikers wel kunnen oppakken. Iedere junk probeert wel iemand uit zijn naaste omgeving aan de drugs te helpen.'
De Cock schudde zijn hoofd.
'Dat bedoel ik niet. Ik wil van hem een alibi voor de tijd van de beide moorden.'
'Een alibi?'
'Ja... is dat zo gek?'
Vledder slikte.
'Jij wilt rekening houden met de mogelijkheid dat hij beide moorden heeft gepleegd?'
De Cock knikte nadrukkelijk.
'De Bavelingen uit Heemstede zijn rijke mensen. Stel dat Ramón Baveling, de oudste zoon, het geen prettige gedachte vindt om de nalatenschap later met anderen te moeten delen. Een menselijk trekje, vind je niet?' Hij wuifde in de richting van Vledder. 'Wel, Ramón bedenkt het verslavingsplannetje en dat werkt voortreffelijk. Broer Ricky valt al spoedig uit... reden voor een feestje... en Erik zakte door zijn verslaving al aardig weg in een poel van ellende.'
Zijn jonge collega staarde hem aan.
'Maar Erik werd "clean"... raakte van de heroïne af en was zelfs weer in staat om zijn studie op te nemen.'
De Cock grijnsde naar Vledder.
'Begrijp je... dat was een streep door zijn rekening. En Ramón was razend. Hoe zei zijn moeder ook weer... *hij stikte bijna van teleurstelling en woede.* Een nieuw testspelletje met zijn broer zit

er niet in. Er blijft maar een mogelijkheid...'
Vledder hijgde.
'Moord.'
De Cock stak zijn rechterwijsvinger op.
'En wie was de man die er voor had gezorgd dat Erik zich van zijn verslaving had bevrijd, de man die Ramóns plannetje had doorkruist?'
'Jean-Paul Stappert.'
De oude rechercheur liet zich in zijn stoel terugvallen.
'Voilà... de moordenaar en zijn motieven.'
Een ogenblik leek Vledder verdoofd, toen schudde hij zijn hoofd.
'Daar heb ik toch wel moeite mee,' riep hij wrevelig. 'Dat gaat mij net iets te ver. Dat is niet menselijk meer. Om zover te komen, moet je gewoon een tik van de duivel hebben.'
De Cock trok achteloos zijn schouders op.
'Hoe demonisch is Ramón Baveling?'

Het was druk in de Lange Niezel. Vakantietijd. Van heinde en ver waren ze gekomen. 'Come and see the redlightdistrict of Amsterdam.' Een miljoenen business. Groepjes mensen verdrongen zich voor de etalages van de vele sexwinkels, vergaapten zich aan vreemde opblaas-vrouwen in een woud van kunstpenissen. Flarden muziek waaiden de rechercheurs tegemoet. Uit 'Old Sailor' strompelde een stel dronken matrozen.
De Cock schoof zijn oude vilten hoedje wat naar achteren en floot een sinterklaaslied, hoog en vals, met vreemde uithalen.
Vledder, schuin naast hem, had een denkrimpel in zijn voorhoofd. De uiteenzetting van zijn oudere collega met Ramón Baveling als inzet, dreunde nog na en hield zijn denken gevangen.
Op de hoek van het Oudekerksplein stonden plukjes zware jongens en lichte meisjes. Hun samenzijn had iets heimelijks, iets van een samenzwering. De mare van de beide wurgmoorden had zich snel verbreid. Toen de rechercheurs voorbij liepen, zwegen ze.
De Cock maakte het bovenste knoopje van zijn overhemd los en trok zijn stropdas iets naar beneden. Het was warm. De hitte van de dag kleefde nog aan de oude geveltjes en het grachtwater dampte. Slierten mist vervaagden de contouren van het bruggetje bij de Stoofsteeg.
De beruchte Walletjes waren in vol bedrijf. Vooral de exotische

meisjes uit het Verre en Midden-Oosten vonden veel aftrek. Op de Achterburgwal, leunend tegen de bomen aan de wallekant, hunkerden de hongerigen tot er weer een vrouwtje vrij kwam.
De Cock bezag het met enige gelatenheid. Hij kende het rosse wereldje als geen ander. Op de hoek van de Barndesteeg schoof hij het kroegje binnen. Vledder volgde gedwee.

Lowietje, vanwege zijn geringe borstomvang in het wereldje van de penoze meest Smalle Lowietje genoemd, begroette de grijze De Cock uitbundig.
'Een tijdlang niet gezien,' kirde hij vrolijk. Zijn spichtige muizensmoeltje glom van genegenheid. Hij beschouwde de oude rechercheur als zijn persoonlijke vriend. Een vriendschap die door De Cock soms schaamteloos werd uitgebuit.
'Ik dacht,' babbelde hij verder, 'dat jullie mij waren vergeten... dat je de weg naar Lowietje niet meer kon vinden.'
De Cock kneep zijn beide ogen even dicht.
'Blindelings,' lachte hij. 'Ik ga gewoon op de dranklucht af.' Hij slenterde voor Vledder uit naar het einde van de bar en hees zijn zware lijf op een kruk. 'Hoe is het... heb je nog?'
Smalle Lowietje trok een verongelijkt gezicht.
'Wat dacht u?' Hij dook pijlsnel onder de tapkast en kwam weer boven met een fles pure Franse cognac 'Napoleon'. Hij hield haar omhoog en tikte met een kromme vinger op het etiket met V.S.O.P. in goud. 'Zolang ik dit etablissement blijf beheren,' sprak hij plechtig, 'zal zo'n fles altijd voor u klaar staan.'
De Cock krabde zich achter in zijn nek.
'Lowietje,' grinnikte hij, 'je maakt mij verlegen.'
De tengere caféhouder schonk behoedzaam in.
'Dat het u wel moge bekomen.'
De Cock hield zijn hoofd iets schuin en beluisterde de gedragen toon waarop Lowietje sprak.
'Het zij zo,' reageerde hij volkomen ernstig. Hij nam het bolle glas op, schommelde het zachtjes in zijn hand en snoof. Er verscheen een glans van verrukking op zijn gegroefde gezicht. Omzichtig nam hij een slokje en liet het fonkelende vocht genietend door zijn dorstige keel glijden.
'Weet je Lowie,' sprak hij zacht, peinzend. 'Als alle mensen op aarde hun tijd alleen maar zouden verdoen met het nuttigen van een

goed glas cognac... misschien waren ze dan minder wraak-, hebben moordzuchtig.'
De caféhouder staarde hem aan.
'Dat is een mooie gedachte,' zei hij dromerig. 'Een hele mooie gedachte.
De Cock zette zijn glas neer.
'Ik zit weer opgezadeld met twee moorden,' verzuchtte hij. 'Vandaar die gedachte.'
Smalle Lowietje knikte traag.
'Ik heb het gehoord... die twee jongens uit het pension aan de Prins Hendrikkade.' Hij zweeg even om een slok van zijn cognac te nemen. 'De vreemdste geruchten doen daarover de ronde.'
De Cock keek de caféhouder vragend aan.
'Geruchten?' vroeg hij verbaasd.
Smalle Lowietje trok zijn muizensmoeltje scheef.
'Ze zeggen, dat de maffia er achter zit.'
'Maffia... wat voor maffia?'
Lowietje duimde over zijn schouder.
'De heroïne-maffia... de big-bosses, die de aanvoerlijnen in handen hebben.'
De Cock trok een bedenkelijk gezicht.
'Wat hebben die met die moorden van doen?'
Smalle Lowietje maakte een verontschuldigend gebaartje.
'Ik... eh, ik vertel je alleen wat er wordt gefluisterd,' stotterde hij. 'Ze zeggen, dat die beide jongens zijn omgebracht omdat ze waren afgekickt.'
'Wat?'
Smalle Lowietje knikte heftig.
'De moorden zouden een waarschuwing zijn voor de andere junks om niet af te kicken... om verslaafd te blijven. De heroïne-maffia verliest niet graag klanten, begrijp je? Vandaàr die waarschuwing.'
De Cock stak zijn kin vooruit. Hij voelde een lichte woede in zich opkomen.
'Onzin... er gaan in die heroïnebusiness alleen al in Nederland jaarlijks voor miljarden om en dan zou men terwille van twee kleine afnemers...' Hij maakte zijn zin niet af. 'Wie heeft die ongein rondgestrooid?'
Smalle Lowietje grinnikte droog.
'Dat... eh, dat weet ik niet,' antwoordde hij benepen. 'Iemand

vertelde het mij. Ik weet wel, dat hier in de buurt een paar hulporganisaties voor drugsgebruikers compleet in paniek zijn.'
'Waarom?'
Lowietje zwaaide.
'Ze hebben gehoord wat er met die twee jongens is gebeurd en nu zijn ze bang dat er geen junk meer naar hen toe durft te komen uit vrees voor represailles van de grote heroïnedealers.'
De Cock schudde vertwijfeld zijn hoofd. Hij kende de vernietigende kracht van het gerucht. Vooral in het labiele wereldje van penoze en verslaafden was het bijna niet uit te roeien. Als de mensen het geloofden en het bleven doorvertellen, dan werd het een waarheid. Zo simpel lag het.
Hij nam nog een slok van zijn cognac. Inmiddels werkten zijn hersenen op volle toeren. Hoe sneller hij de werkelijke dader van de beide moorden achter slot en grendel had, hoe beter hij het represailleverhaal naar het rijk der fabelen kon verwijzen.
Hij keek de tengere caféhouder peinzend aan.
'Kende jij die jongens?'
'Ja.'
'Beiden?'
Smalle Lowietje trok zijn iele schoudertjes op.
'Ze kwamen samen wel eens bij mij in de zaak. Met die jongen uit Heemstede had ik nooit zoveel contact. Die was altijd wat stil en teruggetrokken. De andere jongen lag mij beter. Jean-Paul. Hij was veel opgewekter, veel vrolijker. Ik noemde hem altijd Mister Melody.'
'Hoe?'
'Mister Melody. Jean-Paul had altijd een hoofd vol melodieën. Geen gewone schlagers, top-hits of een oude operettedeun, nee splinternieuwe liedjes.'
'En wat deed hij daarmee?'
De caféhouder spreidde zijn beide handen.
'Niets... helemaal niets. Hij had ze alleen in zijn kop zitten. Hij was ook geweldig muzikaal. Ik had eens een variéténummer gezien van een man, die met zijn vingers over gedeeltelijk met water gevulde bierglazen gleed en zo een liedje speelde. Voor de grap heb ik eens een stel bierglazen voor Jean-Paul neergezet.'
'En?'
Smalle Lowietje plooide zijn muizensmoeltje in bewondering.

'Hij probeerde het even, vulde toen de glazen tot ze de juiste toonhoogte hadden en speelde vervolgens een prachtige melodie.'
Hij zweeg even en dacht na. 'Ik denk, dat hij er nog geen tien minuten voor nodig had.'
De Cock glimlachte.
'Hij had ook naar het variété moeten gaan.'
Smalle Lowietje knikte heftig.
'Dat heb ik hem ook gezegd. Ik heb wel wat relaties in het artiestenvak. Maar Jean-Paul voelde daar niets voor. Hij wilde niet zelf spelen. Hij wilde alleen maar die melodieën kwijt, die voortdurend door zijn kop speelden. Meer niet.'
'Had hij er last van?'
'Hoe bedoel je?'
'Lichamelijk of geestelijk. Bezorgde het hem hoofdpijnen, migraines? Maakte het hem humeurig... had hij buien van neerslachtigheid?'
Smalle Lowietje schudde zijn hoofd.
'Die vriend van hem, die jongen uit Heemstede, die was wel eens wat somber. Maar bij Jean-Paul heb ik daar nooit iets van gemerkt. Hier in de zaak was hij altijd even opgewekt en vrolijk.
Hij zei wel, dat hij er soms 's nachts wakker van werd en dan niet meer in slaap kon komen, omdat zo'n melodie hem niet meer losliet.'
De Cock knikte begrijpend.
'Toch zonde. Die jongen had iemand moeten zoeken die zijn uitzonderlijke gave exploiteerde.'
Smalle Lowietje schonk nog eens in.
'Ik heb hem voorgesteld aan Willy Haareveld, sprak hij achteloos.
'Die zit in die business. Hij beheert een goed orkest en heeft een paar bekende zangers en zangeressen onder contract. Er bestaat ook een vocal-groepje dat voor hem optreedt.'
De Cock fronste zijn wenkbrauwen.
'Willy Haareveld... was die laatst niet betrokken bij een schandaal?'
Smalle Lowietje knikte.
'Iemand heeft vanuit een hinderlaag op hem geschoten.'
'Waar was dat?'
De tengere caféhouder wuifde in de ruimte.
'Bij zijn huis in Laren.' Hij grinnikte. 'En dat was niet de eerste

keer dat iemand hem naar het leven stond. Hij is niet altijd even koosjer en dan loop je bepaalde risico's.'
'En met zo'n man breng jij die jongen in contact?' Het klonk bestraffend.
Smalle Lowietje keek de oude rechercheur verongelijkt aan.
'Kende ik iemand anders?'

Ze liepen van de Achterburgwal via de Oudekennissteeg naar de Voorburgwal. Het was veel minder druk. Sommige hoertjes hingen verveeld tegen de deurpost van hun peeskamertjes. De stroom van behoeftigen was uitgedund.
Vledder blikte opzij.
'Verwerp jij die represaillegedachte helemaal?'
De Cock knikte nadrukkelijk.
'Ik geloof er niet in.'
'Waarom niet. Intimidatie is van oudsher het dwangmiddel van de maffia.'
'Zeker. Als het zin heeft.'
'Het heeft zin. Dat merk je. Het gerucht gaat als een lopend vuurtje.'
'Dat is het kwalijke van de zaak.' De Cock draaide zich half naar Vledder. 'Waarom zouden de grote heroïnedealers het risico van twee moorden nemen? Van de drugsgebruikers komt nog geen vier procent blijvend van zijn of haar verslaving af. Dat is een te verwaarlozen factor. Het heeft voor hen veel meer zin om bijvoorbeeld op scholen agressieve verkoopmethodieken toe te passen. Daardoor wordt het koor der verslaafden vele malen groter dan die vier procent die het uiteindelijk gelukt om af te kicken.'
Vledder grijnsde.
'Je praat als een maffia-baas.'
Ze stapten vanuit de Lange Niezel naar de Warmoesstraat. Lachend gingen ze het politiebureau binnen.
Meindert Post, de lange Urker wachtcommandant, wenkte van achter de balie.
'Mien van Leeuwen is hier geweest,' brulde hij. 'Ze vroeg of jullie onmiddellijk naar haar pension aan de Prins Hendrikkade wilden komen.'
De Cock keek hem gespannen aan.
'Wat is er dan?'

Meindert Post raadpleegde zijn notities.
'Een paar mannen hebben de kamers van die twee vermoorde jongens totaal overhoop gehaald. Zelfs de bedden en kussens zijn opengesneden.'

7

Mevrouw Van Leeuwen, de tanige pensionhoudster, wees triest om zich heen. 'Het is toch verschrikkelijk,' riep ze huilerig. 'Moet je dat eens zien. Die troep. Honderden guldens schade.' Ze keek vragend naar De Cock op. 'Wie vergoedt mij dat?'
De Cock negeerde de vraag. De politie had geen fonds voor dergelijke zaken.
'Heb je ze gezien?'
'Wie?'
'De mannen die dit deden?'
Mevrouw Van Leeuwen knikte heftig.
'Ze hebben zich gewoon bij mij gemeld... in de keuken. Twee mannen. Ze zeiden dat ze hadden gehoord dat er kamers vrij waren gekomen en dat ze wel belangstelling hadden... als de kamers naar hun zin waren.'
'En toen?'
'Toen heb ik ze de kamers laten zien.'
'Van Erik Baveling en Jean-Paul Stappert?'
De pensionhoudster keek hem verbaasd aan.
'Ja, die kwamen toch vrij.'
'Hun spullen stonden er toch nog op?'
Mien van Leeuwen trok haar lippen tot een smalle lijn.
'Ik kan die kamers toch niet onverhuurd laten tot de familie eindelijk de rotzooi van de jongens komt weghalen?'
De Cock keek haar bestraffend aan.
'Ze hebben nauwelijks de tijd gehad.'
Ze snoof. Haar neusvleugels trilden. 'Als ze vandaag niet komen, smijt ik het op straat.'
De Cock zuchtte. Hij kende het temperament van de vrouw. Met een loom gebaar wees hij naar de opengesneden bedden.

'Gebeurde dit waar jij bij was?'
Mien van Leeuwen schudde heftig haar hoofd. Er kwamen blosjes op haar tanige huid. 'Ik had ze hun strot afgebeten,' schreeuwde ze fel. 'Nee... er ging telefoon. Toen heb ik ze alleen gelaten. Een paar minuten maar. Toen ik terugkwam vond ik deze ravage.
'En die twee mannen?'
'Gevlogen.'
De Cock knikte begrijpend.
'Had je ze weleens gezien? Ik bedoel, waren het jongens uit de buurt?'
'Nee.'
'Zou je ze kunnen herkennen?'
De pensionhoudster wuifde wat vaag in de ruimte.
'Die ene zeker... die lange magere... die had zo'n smal smoeltje. Die herken ik uit duizenden. Hij had een Haags accent. Hij deed ook het woord. Die andere zei niet veel. Die keek alleen maar om zich heen. Dat was meer het type van een gluipertje.'
'Oud?'
'Achter in de twintig.'
De Cock streek nadenkend over zijn kin.
'Heb je enig idee, waarnaar ze hebben gezocht?'
Mevrouw Van Leeuwen knikte naar de leeggehaalde kasten, de opengewaaierde boeken, het teruggeslagen vloerkleed. 'Heroïne.'

De Cock en Vledder liepen op de Prins Hendrikkade langs de oude, wat vervallen Sint Nicolaaskerk. Rechts, voor het Centraal Station, straalde vrolijk licht uit de vele kleine ruitjes van het weer in oude glorie herstelde Noord-Zuidhollands koffiehuis.
Wat verder, op de hoek van de Zeedijk, stonden de drugsdealers in ploegjes bijeen. Die ploegjes verveeld rondhangende mannen, tegen een decor van dichtgetimmerde ramen, had iets dreigends, iets angstaanjagends... alsof ze de dood bij zich droegen. Zo nu en dan riepen ze elkaar iets toe. Hun stemmen klonken meest rauw, maar soms ook iel en hoog, als van een castraat.
De beide rechercheurs liepen hen zwijgend voorbij. Via de Sint Olofssteeg kwamen ze terug in de Warmoesstraat.
Het was Vledder die het zwijgen verbrak.
'Denk je echt dat ze in het pension naar heroïne hebben gezocht?'
De Cock trok zijn schouders op.

'Ik vond het geen domme redenering van Mien van Leeuwen. Toen Erik Baveling en Jean-Paul Stappert nog verslaafd waren, zullen ze zeker in heroïne hebben gehandeld. Dat is gebruikelijk. Het is daarom niet denkbeeldig, dat ze een paar gram, of misschien nog meer, ergens verborgen hadden en dat er mensen waren die dat wisten.'
'En nu na hun dood even kwamen snuffelen.'
'Precies.'
Vledder schudde zijn hoofd, er lag een trek van wrevel op zijn gezicht.
'Geloof jij dat echt?'
'Ik heb wel wat bedenkingen. Het past niet zo erg bij het beeld van iemand die is afgekickt.' De Cock grinnikte. 'Men moet iemand die pas van de drank af is ook niet voortdurend een fles whisky voor zijn neus houden.'
Vledder kauwde op zijn onderlip. Zijn gezicht stond ernstig.
'Volgens jou was er geen heroïne?'
'Nee.'
De jonge rechercheur gebaarde heftig.
'Waar zocht men dan naar?'
De Cock keek zijn collega van terzijde aan.
'Als we dat wisten, Dick Vledder, dan waren we een stuk dichter bij de oplossing.'

Ze stapten het politiebureau binnen. Het was ongebruikelijk stil in de hal. De Cock keek op de grote klok. Het was bijna half twee in de nacht. Tot voor kort was het rond dit uur altijd gezellig. Dan zat daar ome Joop, de man met zijn accordeon, en speelde onafgebroken zijn repertoire, vrijwel zonder pauze... tot hij boven zijn muziekkast in slaap viel. Met zijn lange grijze haren, snor en baard, zag hij er indrukwekkend uit, zelfs als hij sliep. Tegen het ochtendgloren maakte de brigadier hem meestal wakker. Dan grijnsde hij vriendelijk, mompelde een groet tot afscheid en strompelde met zijn accordeon het bureau uit. Niemand wist waarheen. Een paar weken geleden op een nacht kwam hij niet. Er kwam wel een hoertje het bureau binnen, dat vertelde, dat er midden op het asfalt van de Koestraat, in de stromende regen, een oude man lag. De brigadier ging er heen met een diender. Het was Ome Joop. Zijn accordeon vonden ze wat verderop verregend in een portiek.

Toen de broeders van de geneeskundige dienst zijn dode lichaam op een brancard tilden, vouwde de brigadier ome Joop zijn oude gerimpelde handen... handen, die hij zo vaak over de knoppen van zijn kast had zien glijden.
De volgende morgen had de brigadier het aan De Cock verteld. Een paar dagen later stonden ze aan zijn graf en ervoeren voor het eerst, dat ome Joop gewoon Petrus Johannes Sogeler heette.
De Cock bedacht het met enige weemoed. Hij had in zijn lange politieleven vele markante figuren gekend... en liefgehad.
Hij blikte naar de balie. Meindert Post, de stoere Urker wachtcommandant, was afgelost door Jan Kusters, een gemoedelijke Brabander, die zich in het woelige Amsterdam best thuisvoelde. Hij wenkte de beide rechercheurs naar zich toe.
'Boven zit al meer dan een uur een man op jullie te wachten. Ik had hem willen wegsturen, maar ik begreep van Meindert Post, toen ik de dienst van hem overnam, dat jullie nog terug zouden komen.'
De Cock knikte begrijpend.
'Wat is het voor een man?'
Jan Kusters trok een vies gezicht.
'Hij leek mij een gladde, verwijfde, wat poenige vent. Als ik snuif, ruik ik nog de geur van zijn parfum.' De wachtcommandant schoof zijn onderlip vooruit en schudde zijn hoofd. 'Mijn vriend is het niet.'
De Cock lachte.
'Heeft hij zich voorgesteld?'
Jan Kusters pakte zijn kladbloc.
'Willy... Willy Haareveld.'
De Cock keek vanuit de hoogte op hem neer. Jan Kusters, vond hij, had gelijk. Willy Haareveld maakte een poenige, wat verwijfde indruk. Zijn parfum had een indringende, zoete, bijna misselijk makende geur. Zijn strakke, hardgele pantalon combineerde oogverblindend met een gestreept paars colbert, waaronder een glimmend witzijden hemd met volanten. De platina ring vol briljanten aan zijn linkerpink was grof en protserig.
De oude rechercheur zuchtte en liet zich in de stoel achter zijn bureau zakken. Zijn scherpe blik gleed tastend langs de gelaatstrekken van de man voor hem. De volle, zinnelijke lippen boven een wat weke kin, de stompe neus, het te blonde geplakte haar, het dunne laagje schmink... het wekte weerzin bij hem op.

'Het spijt ons dat wij u zo lang hebben moeten laten wachten,' opende hij verontschuldigend. 'Maar u had uw bezoek niet aangekondigd.'
Willy Haareveld schudde zijn hoofd.
'Ik hoopte u nog te treffen. De wachtcommandant beneden zei dat u beslist terug zou komen.' Hij strekte zijn wijsvinger naar de grijze speurder. 'U... eh, u bent toch rechercheur De Cock?'
De Cock knikte.
'Met ceooceekaa... om u te dienen.'
Het klonk spottend.
Willy Haareveld glimlachte beleefd.
'Men heeft mij gezegd, dat u de zaak behandelt van die beide jongens.'
'Welke jongens?'
'Die gisteren vermoord zijn gevonden. Ik heb het in de krant gelezen. Ze woonden samen in een pension.'
De Cock knikte gelaten.
'Die zaak behandelen wij,' sprak hij laconiek.
Willy Haareveld kuchte.
'Weet u al iets omtrent de dader?'
'Nee.'
'Bestaat er enig verband tussen beide moorden?'
De Cock grijnsde.
'Mogelijk. Maar we hebben dat verband nog niet kunnen vinden.' Hij keek de man voor hem wat schuins aan. De grillige accolades rond zijn mond dansten. 'U... eh, u bent geïnteresseerd?'
Haareveld verschoof iets op zijn stoel.
'Dat is te zeggen...' Hij frunnikte aan de volanten van zijn hemd. 'Ik meen een van die twee jongens wel eens te hebben ontmoet.'
'Waar?'
'Bij mij thuis in Laren.'
'Wanneer?'
Willy Haareveld grinnikte nerveus.
'Een paar weken geleden... dacht ik. Ik weet dat niet zo precies meer. Ziet u... ik leid een druk leven. Ik ben impresario. Ik verzorg theatervoorstellingen, lanceer cabaretgroepen, arrangeer shows. Ik heb enige artiesten onder contract, die aan het werk moeten blijven.' Hij zweeg even en ademde diep. 'Ik beschouw het ook tot mijn taak om ervoor te zorgen dat ze een goed repertoire

hebben.' Hij stak zijn beide handen trillend omhoog. 'Dat is heel belangrijk. Ik ben daarom steeds op jacht naar nieuwe teksten, muziek, liedjes.'
De Cock boog zich naar hem toe.
'En in dat kader heeft u weleens een van hen ontmoet?'
'Ja.'
'Wie?'
De bontgeklede impresario maakte een verontschuldigend gebaartje. 'Dat weet ik niet. Ik herinner mij niet, dat hij zich aan mij heeft voorgesteld of dat ik zijn naam heb genoteerd. Een kennis van mij noemde hem Mister Melody. Hij wist, dat ik altijd op zoek ben naar nieuwe muziek en stuurde de jongen naar mij toe.'
'En?'
'Wat bedoelt u?'
De Cock reageerde wat kriegel.
'Werd het wat? Had die Mister Melody de muziek, de liedjes die u begeerde?'
Willy Haareveld antwoordde niet direct. Hij bracht zijn beide handen naar voren en drukte zijn vingertoppen tegen elkaar. 'Het was een vreemde jongen,' sprak hij zacht. 'Moeilijk te vatten. Hij kende geen noot muziek en bespeelde geen enkel instrument... toch zei hij, dat hij melodieën had... in zijn hoofd. Ik lachte hem vierkant uit en zei, wat heb ik aan melodieën in jouw hoofd? Toen zei hij strak: als u ze eruit haalt... hebt u een fortuin.'
'En dat heeft u?'
'Wat?'
'Een fortuin?'
Willy Haareveld raakte duidelijk geïrriteerd. Er kwam een harde trek op zijn gezicht. 'Heeft u weleens een fortuin uit iemands hoofd gehaald?'
De Cock schudde kalm zijn hoofd.
'Ik ben ook geen impresario.' Het klonk hatelijk. De oude rechercheur had zijn weerzin tegen de man nog niet verwerkt. Bovendien begon de zware parfumgeur op zijn oogleden te drukken. Hij liet zich loom terugvallen in zijn stoel en geeuwde ongegeneerd. 'Ik begrijp nog steeds niet,' sprak hij verveeld, 'waarom u mij op dit nachtelijk uur per se nog wilde spreken.'
Willy Haareveld schoot met een ruk naar voren.
'Ik wil er niet bij betrokken raken.'

'Waarbij?'
'De moord op die jongen. Ik weet toch hoe jullie denken. Als uit jullie onderzoek naar voren komt, dat hij bij mij in Laren was, ben ik verdacht.'
De Cock trok zijn wenkbrauwen op.
'En? Heeft u het gedaan?'
De impresario brieste. Zijn gezicht werd rood onder zijn lichte make-up. 'Nee,' schreeuwde hij, 'ik heb het niet gedaan. Ik heb er ook niets mee te maken. Niets... hoort u. Helemaal niets.'
De Cock keek hem onbewogen aan.
'Waarom zou u zich dan zorgen maken?'
Willy Haareveld kneep zijn ogen dicht.
'Ik ken mijn eigen reputatie.' Zijn stem klonk vermoeid. 'Ik weet toch hoe ''men'' over mij denkt. Over mij geen hosanna's. En terecht. Ik ben bepaald geen man van onbesproken gedrag. Als u uw politieregisters openslaat, zult u mij zeker vinden. Ik ben ettelijke malen aangeklaagd voor diefstal, oplichting... plagiaat.'
De Cock grijnsde.
'Diefstal van muziek?'
De impresario knikte traag.
'Nog niet zo lang geleden heeft een of andere idioot met een geweer op mij geschoten. Ik had geluk. Het scheelde weinig of het was met mij gebeurd geweest.'
'Weet u wie?'
'Nee.'
De Cock keek hem onderzoekend aan.
'Misschien iemand die meende dat u muziek van hem had gestolen?'
'Mogelijk.'
'Heeft het politieonderzoek niets opgeleverd?'
'Ik dacht het niet. Ik heb er niets meer van gehoord.'
De Cock boog zich weer naar voren. Iets van de weerzin tegen de man verdween.
'Waarom bent u vanavond gekomen?'
Willy Haareveld antwoordde niet.
De Cock drong verder in de geur van parfum. De lichtgroene ogen van de impresario waren dichtbij.
'Heer Haareveld... waarom bent u vanavond gekomen?'
De herhaling klonk vriendelijk en dwingend.

De impresario slikte.
'Ik ben bang... doodsbang.'
Met trillende handen tastte hij naar de binnenzak van zijn paars colbert, nam daaruit een enveloppe en gaf die aan De Cock.
'Die... eh, die vond ik van de week bij mij in Laren in de bus.'
De Cock nam de brief uit de enveloppe en vouwde hem open. Hij las hardop.
'Blijf met uw vieze handen van de goddelijke muziek van Mister Melody. Een tweede schot is dodelijk.'

8

Toen de wild uitgedoste impresario was vertrokken, staarde Vledder zijn oudere collega verbaasd aan.
'Wie kan die brief geschreven hebben?'
De Cock leunde in zijn stoel achterover en tilde zijn benen op zijn bureau. Hij voelde zich moe. Het tekort aan nachtrust deed zich gelden. Hij zwaaide wat loom in de richting van Vledder.
'Denk maar na. Aan welke voorwaarden moet de briefschrijver voldoen?'
Vledder fronste zijn wenkbrauwen.
'Ik begrijp je niet.'
De Cock stak de vingers van zijn rechterhand gespreid omhoog en telde demonstratief.
'Eén... hij moet weten dat er een Mister Melody bestaat; wat impliceert dat hij Jean-Paul Stappert kent... c.q. heeft gekend. Twee... hij moet weten dat Jean-Paul Stappert de reputatie heeft dat zijn hoofd vervuld is van muziek. Drie... briefschrijver kent die muziek en kwalificeert ze als ''goddelijk''. Vier... hij weet, dat Jean-Paul Stappert als Mister Melody contact heeft gehad met Willy Haareveld. Vijf... hij kent de reputatie van deze impresario en weet dat er al eens een keer op hem is geschoten.'
Vledder keek zijn oudere collega bewonderend aan.
'Fantastisch,' riep hij opgewekt. 'Soms toon je werkelijk een groot speurder te zijn.'
De Cock nam zijn benen van zijn bureau en slenterde naar de

kapstok. Met zijn oude regenjas onder zijn arm gefrommeld, draaide hij zich bij de deur nog even om.
'Barst... en tot morgen.'
Het klonk niet eens onvriendelijk.

De nieuwe dag begon stralend. Een vriendelijk zomerzonnetje koesterde het Damrak en toonde de gevel van het oude Centraal Station in zijn volle pracht. De vlaggen op de steigers van de rondvaartboten wapperden vrolijk boven de vele dagjesmensen in hun zondagse kleren.
De Cock genoot intens. Ondanks de vele schaduwzijden die hij kende... hield hij van Amsterdam. Het was een liefde die in de tijd was gegroeid en verdiept. Amsterdam was nu eenmaal een stad waar alles scheen te moeten beginnen. Voor een behoudend calvinist, die hij was, met een hang naar onvergankelijke waarden, was dat alles weleens moeilijk te verteren. Maar de vernieuwingen hielden hem jong en de misdaad zorgde ervoor, dat zijn geest met het klimmen der jaren niet verstarde.
Fluitend stapte hij het bureau binnen.
Tot zijn verbazing was Vledder al op de recherchekamer. Met een gezicht als een donderwolk hing de jonge rechercheur lusteloos in de stoel achter zijn bureau. De Cock liep peilend op hem toe.
'Wat is er? Heb je slecht geslapen?'
Vledder schudde zijn hoofd.
'Commissaris Buitendam was al een paar maal hier op de kamer en vroeg waar je was.'
'En?'
'Ik heb hem gezegd, dat het vannacht nogal laat was geworden en de nacht daarvoor ook en dat je daarom misschien vandaag wat later kwam.'
De Cock keek op de grote klok.
'Het is net tien uur.' In zijn stem trilde verwondering. 'Wat wil die man?'
'Met je praten. Hij leek nogal nerveus en vroeg of wij al processen-verbaal hadden, en rapporten over de moord op de beide jongens.'
De Cock schudde zijn hoofd.
'Die hebben we nog niet. Daar hebben we nog geen tijd voor gehad.'
Vledder trok een beteuterd gezicht.

'Dat heb ik hem ook gezegd. Toen werd hij woedend, begon op mij te schelden en zei, dat wij maar-wat-aan-modderden.'
'Wat?'
Vledder knikte.
'Dat zei hij.'
Het was alsof er in De Cock ineens iets knapte. Hij draaide zich om en dreunde de kamer af. Vledder kwam haastig van achter zijn bureau vandaan en rende hem na. Hij was te laat. Toen hij op de gang kwam, was De Cock al bij de commissaris binnen.

Verwonderd keek commissaris Buitendam van de bescheiden op zijn bureau omhoog naar De Cock, die plotseling voor hem oprees. De uitdrukking op het gezicht van de oude rechercheur voorspelde niet veel goeds. Buitendam herkende trekken van ingehouden spanningen.
De commissaris kuchte indrukwekkend; trachtte enige waardigheid uit te stralen.
'Ik... eh, ik meen niet, dat ik je heb horen kloppen.'
De Cock grijnsde breed. De wilde woede, die hem secondenlang had beheerst, ebde wat weg.
'Ik maak ernstige bezwaren tegen het ''maar-wat-aan-modderen'' als betiteling van de inspanningen die Vledder en ik ons getroosten.' Het klonk toch nog fel en emotioneel. 'Ik wens daarvan uitleg.'
Commissaris Buitendam liet zijn hoofd berouwvol zakken.
'Het was onterecht en onbehoorlijk,' sprak hij zacht. 'Ik geef dat toe. Het ontschoot me.' Hij zweeg even, zuchtte en keek op. 'Maar ik vind toch dat je mij te weinig op de hoogte houdt. Ik ben in vrijwel elke zaak die jij behandelt, onvoldoende geïnformeerd en dat brengt mij soms in pijnlijke situaties.'
'Er zijn twee jongens vermoord,' reageerde De Cock strak. 'Een in een pension aan de Prins Hendrikkade en een op de Keizersgracht. Daarvan staan mutaties in het meldingsrapport en er is een landelijk telexbericht verzonden. Daar staat alles in. Meer valt er niet van te zeggen.'
Commissaris Buitendam trok zijn hoofd in zijn nek.
'Ik wil nadere bijzonderheden.'
De Cock antwoordde kort.
'Die zijn er niet.'

Op het bleke gezicht van de commissaris kwam wat kleur.
'Mr. Schaaps, onze Officier van Justitie wil ze hebben. Hij is via mensen van het ministerie benaderd door de vader van een van de vermoorde jongens, de heer Baveling. De man wil inlichtingen en eist dat de zaak spoedig tot klaarheid komt.'
De Cock tastte met zijn beide handen naar zijn hoofd. 'De heer Baveling.' Hij kon een grijnslach niet onderdrukken. 'Tijdens zijn leven heeft hij zich nooit om zijn zoon Erik bekommerd... geen hand naar hem uitgestoken. Wat wil hij dan na zijn dood?'
Commissaris Buitendam wuifde met een slanke hand.
'Dat zijn zaken die ons niet aangaan,' sprak hij nonchalant. 'Als de heer Baveling geïnformeerd wil worden over de omstandigheden waaronder zijn zoon de dood vond, dan hebben wij in alle redelijkheid aan zijn verzoek te voldoen.'
De Cock schudde koppig zijn hoofd.
'De rijke, en vermoedelijk ook zeer invloedrijke heer Baveling krijgt van mij geen enkele informatie... voor ik de moordenaar van zijn zoon heb gevonden en de motieven ken.'
Op het gezicht van Buitendam kwam een verbeten trek.
'Dat bepaal jij niet!' Hij schreeuwde bijna. 'Als mr. Schaaps, onze Officier van Justitie, inlichtingen wil verstrekken, dan doet hij dat. Hij is als leider van het onderzoek daartoe volkomen gerechtigd.'
De Cock grinnikte.
'Leider-van-het-onderzoek,' herhaalde hij meesmuilend. 'Het lijkt mij beter dat ze die man terugsturen naar de padvinderij.' Hij friemelde aan het puntje van zijn neus. 'Wat dacht u van hopman?'
Commissaris Buitendam kwam met een ruk uit zijn stoel overeind. Zijn ogen vonkten. Er lagen blosjes op zijn wangen en zijn neusvleugels trilden. Woedend strekte hij zijn rechterarm naar de deur.
'Eruit.'
De Cock ging.

Vledder keek zijn oudere collega onderzoekend aan.
'Leeft hij nog?'
'Wie?'
Vledder duimde achter zich.
'De commissaris. Toen je de kamer af dreunde, dacht ik dat je hem zou ombrengen. Echt, ik ben nog achter je aan gerend.'
De Cock lachte.

'Dat "maar-wat-aan-modderen" zat me hoog.'
Vledder gniffelde.
'Ik weet hoe je bent. Ik had al spijt, dat ik het je had gezegd.' Hij maakte een hoofdbeweging. 'Wat wilde hij feitelijk?'
'De rijke meneer Baveling uit Heemstede heeft blijkbaar vriendjes bij het Openbaar Ministerie. Via de Officier van Justitie wenst hij bijzonderheden over de dood van Erik en hij eist dat de zaak spoedig tot klaarheid wordt gebracht.
'Daar werd onze commissaris nerveus van?'
'Precies.'
'En?'
'Wat?'
'Krijgt hij bijzonderheden?'
De Cock schudde resoluut zijn hoofd.
'Ik denk er niet aan.'
Vledder stak zijn wijsvinger omhoog.
'Dat is heel goed.'
De Cock negeerde de opmerking.
'Ik heb tegen commissaris Buitendam gezegd, dat ik geen nadere bijzonderheden had, dat ik niet meer wist dan hetgeen reeds in de meldingsrapporten en het telexbericht staat vermeld.'
'En slikte hij dat?'
De Cock grijnsde.
'Hij kon moeilijk anders. Bovendien heb ik werkelijk nog geen enkel besef in welke richting ik de moordenaar moet zoeken.'
'Ramón Baveling.'
De Cock fronste zijn wenkbrauwen.
'Wie?'
Vledder knikte nadrukkelijk.
'Ramón Baveling... hij heeft muziekles.'
De Cock liet zich gnuivend in zijn stoel zakken.
'Het behoort bij een gedegen opleiding. Dat Ramón muziekles heeft... verwondert mij niets.'
Vledder trok zijn gezicht strak.
'Die verwondering komt nog,' sprak hij geheimzinnig. 'Weet je hoe zijn leraar heet?'
'Nou?'
'Alex Waardenburg.'
De Cock boog zich verrast naar voren.

'Hoe kom je aan die wetenschap?'
Vledder glimlachte.
'Ik heb mij voor die Ramón Baveling geïnteresseerd vanaf het moment dat zijn moeder bij ons verhaal deed en jij mij later jouw theorieën ontvouwde.'
De Cock tastte in zijn herinnering.
'Over de nalatenschap... het vermogen van de familie Baveling?'
Vledder knikte heftig.
'Precies. Volgens mij is die Ramón echt een potentiële moordenaar. Vanmorgen heb ik even met de politie in Heemstede gebeld. Ik ken daar een collega met wie ik nog in Zutphen de recherchecursus heb gevolgd. Ik vroeg hem wat hij van de familie Baveling wist.'
'En?'
Vledder schoof zijn onderlip naar voren.
'Dat was nogal wat. Toen Erik en zijn broer Ricky beiden nog verslaafd waren, hebben ze de politie in Heemstede heel wat werk bezorgd. Diefstalletjes, inbraken, zelfs een gewelddadige beroving. Het was inderdaad altijd moe Baveling die voor haar zoons opkwam. Vader Baveling beschouwde die twee als bastaarden, met wie hij niets van doen wilde hebben.'
'En Ramón?'
Vledder schudde zijn hoofd.
'Ramón Baveling is nog nooit met de politie in aanraking geweest.'
De Cock liet de denkrimpels op zijn voorhoofd dansen.
'Hoe... eh, hoe wist die collega dan dat Ramón in Amsterdam muziekles had van Alex Waardenburg?'
Vledder stak zijn borst vooruit. In zijn ogen glansde iets van triomf.
'Hij tennist in Heemstede met Ramón in dezelfde club.'
'Tennist?'
Vledder knikte met een grijns.
'Tennist... je hoort het goed.'

9

Vledder werd enthousiast.
'Zullen we hem oppakken?'
'Wie?'
Ramón Baveling. Als we het handig spelen en nauw contact houden met de politie in Heemstede, kan de arrestatie vlot verlopen.'
De Cock schudde traag zijn hoofd.
'Voorlopig niet. Ik voel er weinig voor om Ramón na enkele uren onder dwang van de justitie weer vrij te moeten laten. Ik ben bang, dat we niet eens een bevel tot inverzekeringstelling kunnen lospeuteren.'
Vledder keek zijn oudere collega bijna wanhopig aan.
'Hij tennist,' riep hij geëmotioneerd. 'Je weet wat dr. Den Koninghe van de strangulatieplekken heeft gezegd... krachtige handen... van iemand die een stevige greep heeft ontwikkeld.'
De Cock schudde opnieuw zijn hoofd.
'Dat is niet voldoende. Mr. Schaaps kennende, zal hij het argument hautain wegwuiven.'
Vledder stond druk gesticulerend van zijn stoel op.
'Ramón heeft een motief... een duidelijk op de toekomst gericht motief. Die verslavingstest die hij met Erik en Ricky hield, is onmiskenbaar een aanwijzing dat hij zich van zijn broers wilde ontdoen... omwille van de nalatenschap. Hij blijft als enige erfgenaam over.'
De Cock zuchtte.
'Je hebt gelijk, Dick,' sprak hij vermoeid. 'Het is een aanwijzing... een duidelijke aanwijzing. Maar het is geen bewijs en zonder een rechtsgeldige bewijsvoering maken we geen enkele kans. Denk aan de invloed die vader Baveling kan uitoefenen.'
Vledder ging op het bureau van De Cock zitten.
'Dat is het nu precies,' argumenteerde hij smekend. 'In wat voor netelige situaties zijn zoons in het verleden ook verkeerden... vader Baveling toonde geen enkele interesse. Maar nu... nu oefent hij plotseling zoveel druk uit op de justitie, dat onze commissaris er nerveus van wordt. En waarom?' Vledder grijnsde. 'Omdat vader Baveling beseft, dat zijn geliefde zoon Ramón zich in moeilijkhe-

den heeft gewerkt.' De jonge rechercheur schoof nog dichter naar De Cock. 'Het is alles toch zonneklaar. Zelfs moe Baveling... hoewel ze het niet uitsprak... denkt of weet, dat Ramón bij de moord op zijn broer Erik is betrokken.'
De Cock glimlachte.
'Ik vind jouw betoog schitterend en het bevat elementen van waarheid, maar...'
Vledder interrumpeerde fel. 'Het is de waarheid. Geloof me. Als we niet onmiddellijk ingrijpen, is Ramón verdwenen of heeft met behulp van dure advocaten een muur van leugens opgebouwd, die zelfs wij niet kunnen slechten.' Hij hakkelde, meegesleept door zijn eigen gedachten. 'Dat... dat mogen we toch niet toestaan? We kunnen die moordenaar niet vrij laten rondlopen. We moeten toch het recht dienen?'
De Cock wreef zich nadenkend in zijn nek. Iets van het enthousiasme van Vledder vonkte op hem over. Als hij zijn gemoed peilde, sprong hij het liefst met Vledder in hun oude Volkswagen om naar Heemstede te rijden. Maar een innerlijke stem zei hem te wachten tot het inzicht was gerijpt, tot de overtuiging was gegroeid, dat motief en dader een eenheid vormden met de gevonden omstandigheden. Dat was het vak. Zo diende een rechercheur te denken en te voelen. Puur naar de feiten. Los van de emoties, die bij elke misdaad hoog oplaaiden.
Hij keek schuin omhoog. Het gezicht van Vledder stond gespannen. De Cock kneep zijn ogen even dicht. 'Recht, m'n jong,' begon hij vaderlijk, 'bestaat niet. Hoe je ook zoekt, je zult het op deze nietige aardkloot nergens vinden. Wij dienen ook niet het Recht... met een hoofdletter, maar een systeem van rechtsregels... en daarin schuilt een groot verschil. Ik begrijp hoe je je voelt, maar Ramón is voorlopig nog taboe.' Er brak een glimlach bij hem door. 'Misschien halen vader en zoon Baveling vandaag of morgen een of andere stommiteit uit, waardoor we een betere greep op hen krijgen. Maar zoals de situatie nu is...'
De Cock maakte zijn zin niet af. Er werd op de deur van de recherchekamer geklopt. Vledder liet zich van het bureau glijden en riep: 'Binnen'.
De deur werd aarzelend geopend. In de deuropening verscheen een lange jongeman. Atletisch gebouwd. De Cock schatte hem op rond de vijfentwintig jaar. Hij droeg een sportieve donkerblauwe blazer

met daaronder een lichtgrijze flanellen pantalon. Het licht uit de gang glansde op zijn blonde haren. Hij deed de deur behoedzaam achter zich dicht en trad naderbij. Langzaam en met enige schroom. Voor het bureau van de oude rechercheur bleef hij staan.
'Ik... eh, ik wilde met u praten,' sprak hij zacht. 'Over Jean-Paul... Jean-Paul Stappert.'
De Cock knikte hem bemoedigend toe en wenkte uitnodigend naar de stoel naast zijn bureau.
'Gaat u zitten.'
De jongeman nam wat onwennig plaats en liet zijn lange slanke handen op zijn knieën rusten.
'Ik durfde eerst niet te komen.'
'Waarom niet?'
Er zweefde een glimlach om zijn lippen.
'Het politiebureau aan de Warmoesstraat heeft niet zo'n beste reputatie.'
De oude rechercheur wuifde het weg.
'Ten onrechte. In dit bureau huizen de meest vriendelijke politiemensen die u zich kunt denken.' Hij fronste plotseling zijn wenkbrauwen. 'Ik heb mij nog niet voorgesteld.' Het klonk verontschuldigend. 'Mijn naam is De Cock... met ceeooceekaa.' Hij aarzelde even. 'En met wie heb ik het genoegen?'
De jongeman stak hem zijn hand toe.
'Kiliaan... Kiliaan Waardenburg.'
De Cock toonde verwondering.
'Is... eh, is Alex Waardenburg familie van u?'
De jongeman knikte.
'Hij is mijn vader.'
De Cock keek de jongeman onderzoekend aan.
'Uw vader was hier... gisteren.'
'Dat weet ik, ja. Hij heeft mij van zijn bezoek aan u verteld.'
De Cock kneep zijn oogleden iets samen.
'En weet hij nu dat u hier bent?'
Kiliaan Waardenburg antwoordde niet direct.
'Dat... eh, dat is moeilijk,' sprak hij na een poosje. 'Misschien weet hij het wel... misschien niet.'
'Heeft u het hem gezegd?'
'Nee.'
De Cock grinnikte ongelovig.

'Hoe kan hij het dan weten?'
Kiliaan Waardenburg verschoof iets op zijn stoel.
'Soms... soms kent vader mijn gedachten. Dat is heel vervelend. Het is dan net alsof ik zelf niet besta... of ik alleen maar een deel van hem ben. Bij moeder is dat niet zo. Ik heb er wel eens met haar over gesproken. Zij heeft ten opzichte van vader haar persoonlijkheid volledig behouden. Ik niet... niet helemaal. Ik probeer in zijn bijzijn altijd heel zuiver te denken.'
De Cock hield zijn hoofd iets schuin.
'Wat betekent dat... zuiver denken?'
Kiliaan Waardenburg staarde voor zich uit.
'Elke slechte of zondige gedachte uitbannen.'
'Kan dat?'
Kiliaan Waardenburg knikte nadrukkelijk.
'Dat kun je trainen. Je maakt eerst je gedachten leeg. Je drijft alles wat je bezielt daaruit weg. Eerst dan vul je het op. Daarbij denk je alleen aan zuivere dingen... aan God, bijvoorbeeld... of aan muziek.'
Hoewel de verklaring hem niet geheel bevredigde, liet De Cock het onderwerp 'zuiver denken' rusten.
'Treedt u in de voetstappen van uw vader?'
'Hoe bedoelt u?'
'Wordt of bent u musicus?'
'Ik speel piano.'
'Professioneel?'
'Inderdaad... in het Stedelijk Symfonie Orkest.'
'Bij uw vader?'
Kiliaan Waardenburg zuchtte.
'Hij heeft mij geïntroduceerd. Ik ben hem daar dankbaar voor. Het orkest is voor mij een bron van ervaring. Maar het liefst treed ik solistisch op. Volgens vader en anderen, die het kunnen weten, heb ik talent en als pianist een grote toekomst voor mij.' Hij grinnikte wat terughoudend. 'Ik ben er zelf nog niet zo zeker van. Mijn voorkeur en belangstelling gaan uit naar het componeren.'
'Wat zegt uw vader daarvan?'
Kiliaan Waardenburg maakte een lichte beweging met zijn rechterschouder. 'Vader is er niet zo blij mee. Hij staat erop, dat ik mijn pianostudies volg.' Hij zweeg even, hij blikte intussen peinzend naar zijn handen. 'Ik begrijp zijn aversie niet. Hij heeft in zijn

jonge jaren zelf enige composities geschreven.'
'Met succes?'
Kiliaan Waardenburg tuitte zijn lippen.
'Nauwelijks. Ze waren niet melodieus. Vader is te star, te dogmatisch... ook in de muziek.'
De Cock beluisterde de toon.
'Daarom is hij tweede violist gebleven.'
Kiliaan Waardenburg keek op. Voor het eerst lag op zijn gezicht een harde trek. 'Uw conclusie is niet juist,' sprak hij fel. 'Het spelen van de tweede viool is niet minderwaardig. Integendeel. Alleen in de volkstaal heeft het een negatieve klank gekregen.'
Het klonk bestraffend.
De Cock bracht zijn beminnelijkste glimlach. Er was iets in de jongeman dat hem aantrok.
'We zijn afgedwaald. U kwam hier om te praten over de dood van Jean-Paul Stappert.'
'Inderdaad.'
'U heeft hem gekend?'
'Ja.'
'Oppervlakkig? Ik bedoel, alleen als muziekleerling van uw vader?'
Kiliaan Waardenburg schudde zijn hoofd.
'Jean-Paul Stappert en ik waren min of meer bevriend. We spraken altijd met elkaar over muziek. Jean-Paul was muzikaal zeer begaafd. Muziek was voor hem niet iets van buitenaf... iets, dat een ander je leert... maar een innerlijke beleving in tonen. Begrijpt u... iets wat je zelf al hebt... dat tot je wezen behoort.'
De Cock streek met zijn hand over zijn gezicht. Het enthousiasme in de stem van de jongeman ontging hem niet.
'U bewonderde Jean-Paul?'
'Ja, bijzonder.'
'Waarom?'
Kiliaan Waardenburg wuifde.
'Wat ik al zei... zijn begaafdheid... zijn vermogen om melodieën te scheppen.' Hij schudde bedroefd zijn hoofd. 'Er zijn niet veel creatieve geesten.'
De Cock knikte begrijpend.
'Heeft Jean-Paul u verteld dat hij contact had gezocht met Willy Haareveld?'

Kiliaan Waardenburg liet zijn hoofd wat zakken.
'Ja. Hij was er nogal enthousiast over. Ik zei hem dat Willy Haareveld een slechte reputatie had. Mijn vader kent hem ook. Hij is een bedrieger.'
'Wilde Jean-Paul naar u luisteren?'
Kiliaan Waardenburg glimlachte.
'Jean-Paul was zelfverzekerd. Niemand bedriegt mij, zei hij... niet meer.'
De Cock streek met zijn pink over de rug van zijn neus.
'Hebt u Jean-Paul Stappert wel eens bezocht in zijn pension aan de Prins Hendrikkade?'
Kiliaan Waardenburg knikte.
'Ik ben daar een keer of drie geweest.'
'En Erik ontmoet?'
Kiliaan Waardenburg grijnsde wat meewarig.
'Met die jongen heb ik weinig contact gehad. Hij was wat teruggetrokken... wazig. Ik begrijp niet hoe Jean-Paul ooit met hem bevriend is geraakt. Volgens mij hadden ze weinig dingen met elkaar gemeen. Erik interesseerde zich totaal niet voor muziek.'
Vledder, die uiterst gespannen het verhoor had gevolgd, kwam plotseling tussenbeide. 'Erik was dus totaal anders dan Ramón?'
Kiliaan Waardenburg draaide zich half om.
'Ramón?' reageerde hij niet begrijpend. 'Wat is er met Ramón?'
Vledder wuifde in zijn richting.
'U kent Ramón?'
Kiliaan Waardenburg stak zijn handpalmen afwerend naar voren.
'Hij is een leerling van mijn vader. Al jaren. Hij speelt klarinet.'
'Verder kent u hem niet?'
'Nee. Ik ben uiteraard een keer aan hem voorgesteld. Maar verder heb ik hem nooit interessant gevonden. Hij is ook een paar jaar ouder. Trouwens, met de meeste leerlingen van mijn vader heb ik geen contact. Jean-Paul was echt een uitzondering.'
Vledder dramde verbeten door.
'Wat weet u van Ramón?'
Kiliaan Waardenburg maakte een grimas.
'Hij betaalt een bom lesgeld. Volgens vader is hij van rijke familie.'
'Kent u de naam van die familie?'
'Nee.'

'Baveling?'
Kiliaan Waardenburg zuchtte, toonde zich ongeïnteresseerd. 'Baveling,' herhaalde hij mat. 'Ik dacht, dat hij inderdaad zo heette.'
Vledder trok zijn gezicht strak.
'Erik was Ramóns broer.'
Kiliaan Waardenburg was in de war gebracht, hij keek Vledder aan. 'Dat... eh, dat wist ik niet,' reageerde hij grinnikend. 'Het is ook nauwelijks te geloven. Ze leken in het geheel niet op elkaar.'
Vledder negeerde de opmerking.
'Hoe vaak had Ramón Baveling les?'
'Een paar maal in de week.'
'Had hij ook les van uw vader op de dag, dat Jean-Paul vermoord werd gevonden?'
De jonge Waardenburg antwoordde niet direct. Hij blikte peinzend naar het plafond met de zoemende TL's. Na een paar seconden bewoog hij zijn hoofd ritmisch op en neer. 'Ja... ja, ik herinner het mij. Ramón had die dag ook les. Eerder op de avond.'
Vledder boog zich iets naar voren.
'Het is dus mogelijk, dat Ramón Baveling na het beëindigen van zijn les niet weg is gegaan, maar uw vriend Jean-Paul op de Keizersgracht voor de deur van uw huis heeft opgewacht?'
De jongeman lachte wat nerveus.
'Ik denk het niet. Waarom ook? Jean-Paul had geen enkele omgang met die Ramón Baveling. Ik geloof dat die twee elkaar niet eens kenden.'
Vledder keek de jongeman strak aan.
'Maar het is mogelijk.'
Kiliaan Waardenburg zuchtte opnieuw. De vragen van de rechercheur irriteerden hem zichtbaar.
'Zeker,' sprak hij onwillig, 'het is mogelijk.'
Vledder boog zich nog verder naar voren.
'Ramón Baveling kan uw vriend naar de wallekant hebben gelokt en hem daar tussen de geparkeerde auto's hebben gewurgd.'
Kiliaan Waardenburg staarde de jonge rechercheur met grote ogen aan. Hij zag ineens bleek. Alle kleur was uit zijn gezicht weggetrokken. 'Waar... waar... waar wilt u heen?' stotterde hij onthutst.
Vledder kneep eerst zijn lippen op elkaar en antwoordde toen:
'Naar moord.'

10

De Cock gaf de duidelijk geschokte Kiliaan Waardenburg een wenk, dat hij kon vertrekken. Hij begeleidde de jongeman tot aan de deur. Daarna draaide hij zich om en stapte hoofdschuddend op Vledder toe.
'Dat was een slecht verhoor,' sprak hij afkeurend. 'Zo heb ik het je niet geleerd.'
Vledder snoof. De spanningen lagen nog steeds op zijn gezicht. Zijn ogen stonden wild en in zijn hals, boven zijn boord, klopte een ader.
'Ik zoek de waarheid,' sprak hij stug.
De Cock strekte zijn wijsvinger naar hem uit.
'Jouw waarheid,' sprak hij nadrukkelijk. 'Besef dat goed. Je bent zo bezeten geraakt van het idee dat Ramón Baveling de dader is, dat je al je objectiviteit hebt verloren. Je gaf die Kiliaan Waardenburg niet de ruimte... de mogelijkheid om zelf te denken... om uiting te geven aan zijn eigen gevoelens. Je benam hem de kans om zijn eigen gedachten te formuleren. Dat is verkeerd... voor een rechercheur onvergeeflijk.' Vledder zuchtte diep.
'Ramón is de dader,' sprak hij gedecideerd. 'Geloof me. Het is gegaan zoals ik zei; hij wachtte Jean-Paul Stappert op en wurgde hem aan de wallekant. Eerst daarna ging hij naar het pension aan de Prins Hendrikkade en vermoordde Erik.'
De Cock schudde bestraffend zijn hoofd.
'Het was een slecht verhoor. Ik herhaal dat nog eens. Ik ben niet tussenbeide gekomen, omdat ik van mening ben, dat men een jong mens zo nu en dan de kans moet geven om fouten te maken.'
'Fouten?'
De Cock knikte.
'Wat heeft het verhoor jou opgeleverd? Het enige dat je concreet hebt bereikt, is, dat je nu weet dat Ramón Baveling op de avond van de beide moorden muziekles had. Meer niet. Bij dat punt had je ook moeten stoppen. Al de suggesties die je Kiliaan daarna nog opdrong, zijn voor ons onderzoek nadelig.'
Vledder lachte schamper.
'Ik heb hem niets opgedrongen. Ik schetste hem alleen maar hoe het was gebeurd.'

De Cock zwaaide afwerend.
'Hoe jij denkt,' verbeterde hij, 'dat het is gebeurd. Voorlopig heb je nog geen enkel bewijs dat het in overeenstemming is met de werkelijkheid.' Hij zweeg even. 'Ik hoop dat Alex Waardenburg zijn mond houdt.'
Vledder keek hem onderzoekend aan.
'Hoe bedoel je?'
De Cock streek met zijn hand over zijn stugge grijze haren.
'Als Kiliaan Waardenburg met zijn vader spreekt over zijn onderhoud met ons... en misschien heeft die vreemde gedachtenlezende oude heer dat niet eens nodig... en Alex Waardenburg vertelt aan vader Baveling... of wat nog erger is... aan de pers, dat de recherche van het politiebureau aan de Warmoesstraat de overtuiging heeft dat Ramón de dader is... dan heb je over een uur beslist de poppen aan het dansen. Je krijgt dan alles en iedereen op je nek... Mr. Schaaps, onze zo schrandere Officier van Justitie incluis... En je kunt de eerste tijd elke actie tegen de jonge Baveling gewoon vergeten.'
Vledder kauwde nadenkend op zijn onderlip. De uitdrukking op zijn gezicht versomberde. 'Je hebt gelijk,' sprak hij verslagen. 'Dat zit erin. Aan die mogelijkheid heb ik totaal niet gedacht.'
De Cock legde vertrouwelijk zijn hand op de schouder van de jonge rechercheur. Hij begreep hoe Vledder zich voelde. In zijn eigen Sturm und Drang-periode was hij ook vaak te enthousiast geweest, te onbesuisd. Hij had er heel wat deuken in zijn ziel aan overgehouden.
'Trek het je niet aan,' sprak hij vaderlijk. 'Ik heb in die dingen nu eenmaal meer ervaring dan jij.' Toen grinnikte hij vrolijk. 'En weet je wat ervaring is... eenvoudig de naam die wij aan de som van onze fouten geven.' Zijn gegrinnik ging over in een gulle lach. 'Kom, we gaan naar Utrecht.' Hij draaide zich abrupt om en slenterde naar de kapstok.
Vledder beende hem na.
'Utrecht?' vroeg hij in opperste verbazing.
De Cock knikte.
'Daar woont ene Lange Jack, alias Magere Jack, alias Haagse Jack... of gewoon Jaap van Santen.'

De beide rechercheurs reden met hun oude Volkswagen van het

Damrak, achter het Koninklijk Paleis om naar de Raadhuisstraat. Donkere, dreigende wolken schoven laag over de toren van de Westerkerk. Het leek ineens nacht. Zware regendruppels plensden op de voorruit, roffelden op het kofferdeksel.
Vledder deed het grote licht van de wagen aan en schakelde de ruitewisser in.
'Wat moet je van die Jaap van Santen... Haagse Jack... of hoe die vent ook heten mag?'
De Cock glimlachte.
'Ik wil eens met hem praten.'
'Waarover?'
'Vernieling.'
Vledder blikte verrast opzij.
'Vernieling?' herhaalde hij verbaasd.
De Cock knikte nadrukkelijk.
'Artikel driehonderdvijftig van het Wetboek van Strafrecht,' sprak hij spottend. 'Het opzettelijk en wederrechtelijk vernielen van bedden en kussens.'
Vledder botste bijna tegen een auto, die op de Rozengracht voor het rode licht stopte.
'Heeft die Jaap van Santen dat gedaan?'
'Ja, met zijn maatje Jan Rouweler. Maar van hem hebben we geen vast adres. Meest verblijft hij bij zijn oude moeder in de Sint Jozeflaan of hij hangt wat rond in het winkelcentrum Hoog Catharijne. Jaap van Santen woont in de Jan Overdijkstraat, nummer driehonderdnegenenzeventig, op de eerste etage. Hij is die lange magere man met het Haagse accent, van wie de pensionhoudster zei, dat ze hem zeker zou herkennen.'
Vledder reageerde nog steeds verbaasd.
'Hoe ben je daar achter gekomen?'
De Cock antwoordde niet direct. Hij zakte wat onderuit. De heen en weer zwiepende ruitewissers maakten hem altijd wat slaperig. Hij geeuwde en schoof zijn hoedje tot op zijn wenkbrauwen.
'Dat heb ik je vergeten te vertellen. Op de morgen na de moord op Erik Baveling belde Frans Kreuger mij thuis op en zei, dat hij in de pensionkamer geen enkele... maar dan ook geen enkele vingerafdruk had kunnen vinden. Zelfs geen vingerafdrukken van Erik Baveling of Jean-Paul Stappert.'
'Dat moet toch?'

De Cock grijnsde.
'Tenzij iemand alles zorgvuldig heeft schoongeveegd.'
'Om sporen uit te wissen.'
'Precies.'
'De moordenaar?'
De Cock maakte een vaag gebaartje.
'Dat kan... maar hoeft natuurlijk niet. Het kan ook zijn gebeurd door iemand die na hem kwam.'
Vledder fronste zijn wenkbrauwen.
'Wat kan die er voor belang bij hebben?'
De Cock plooide zijn lippen in een tuitje.
'Misschien vond hij of zij het idee niet prettig, dat wij van de recherche de vingerafdrukken van de moordenaar zouden vinden.'
Vledder verzonk in gepeins. De opmerking van De Cock intrigeerde hem. Hoewel hij al jaren met de oude rechercheur optrok, kon hij zijn orakelspreuken vaak niet vatten.
Een tijdlang reden ze zwijgend voort. Eerst nadat ze op weg naar Utrecht de fraaie boogbrug over de Amstel waren gepasseerd, keek de jonge rechercheur opzij. De peinzende uitdrukking op zijn gezicht was nog niet verdwenen. 'Nu weet ik nog niet,' riep hij geërgerd, 'hoe je aan die Jaap van Santen komt!'
De Cock schoof zijn hoedje weer naar achteren en keek naar hem op.
'Nadat die twee mannen het pension aan de Prins Hendrikkade hadden bezocht, heb ik aan Frans Kreuger gevraagd of hij in de kamer van Erik Baveling nog eens met de kwast wilde rondgaan.'
De blik van Vledder verhelderde.
'En toen vond hij de vingertjes van Jaap van Santen en zijn maat.'
De Cock knikte met een glimlach.
'Zo simpel is dat.'

De Jan Overdijkstraat in Utrecht bleek een straat aan een spoordijk. Zo nu en dan denderde er een trein langs.
Een paar huizen voorbij nummer 379 parkeerde Vledder de Volkswagen aan de trottoirrand en stapte uit. De Cock kroop moeizaam van zijn zitting omhoog. Hij hield niet van auto's en autorijden. Volgens hem was de trekschuit een ideaal vervoermiddel, dat om onverklaarbare reden in onbruik was geraakt. Toen hij eindelijk naast de wagen stond, sloot Vledder de portieren af.

Het weer was opgeklaard. Het regende niet meer. Af en toe prikte de zon door een dichte haag van statige cumuluswolken. Het gaf aan de sombere huizen in de straat wat kleur.
De buitendeur van 379 stond op een kier. De Cock duwde hem verder open en besteeg de houten trap. De leuningen waren vettig en de uitgesleten treden kraakten onder zijn gewicht.
Vledder volgde.
Op het portaal van de eerste etage leek het aardedonker. Alleen van onder de woningdeur viel een smalle lichtstreep. De Cock bleef even staan om zijn oude ogen te laten wennen. Langzaam kreeg het portaal meer contouren.
Zowel het onder- als het bovenpaneel van de woningdeur vertoonde verse breuken en scheuren. Blijkbaar had iemand nog niet zo lang geleden geprobeerd om met geweld binnen te komen.
De Cock grijnsde. Hij vond niet dat de woning van Jaap van Santen een riante entree had. Voorzichtig pakte hij de kruk en duwde die langzaam naar beneden. Daarna probeerde hij de deur te openen. Het lukte niet.
De Cock schoof een slip van zijn regenjas opzij en diepte een apparaatje uit zijn broekzak op... een koperen houder met uitschuifbaar een weelde aan stalen sleutelbaarden... eens een geschenk van zijn vriend en ex-inbreker Handige Henkie.
Vledder bracht demonstratief zijn rechterhand voor zijn ogen. De Cock keek hem verrast aan.
'Wat is er?' fluisterde hij.
De jonge rechercheur schudde zijn hoofd.
'Ik wil het niet meer zien.'
'Wat?'
'Dat je inbreekt.'
De Cock liet zijn mondhoeken krullen. Hij begreep dat zijn jonge collega er ambtelijk moeite mee had. Zelf voelde hij zich in geen enkel opzicht bezwaard. Zolang zijn geweten geen waarschuwende geluiden liet horen, bleef hij het apparaatje gepast gebruiken.
Hij boog zich wat naar Vledder toe.
'Met de wet in de hand,' sprak hij zachtjes, 'kun je als rechercheur maar weinig doen.' Hij hield het koperen houdertje grijnzend omhoog. 'En met dit gaan de deuren voor mij open.'
Verrassend kwiek zakte hij door zijn knieën. Bij het licht van onder de deurkier koos hij met kennersblik de juiste sleutelbaard uit het

houdertje. Daarna kwam hij vlot omhoog en in luttele seconden had hij de deur van het slot. De Cock borg het houdertje op. Hij duwde de deur iets open en deed een stap terug. Met een lichte buiging gebaarde hij uitnodigend in de richting van Vledder.
'Na u.' Het had een milde spot.
De woningdeur bleek toegang te geven tot de keuken. Vandaar bereikten ze de schaars gemeubileerde woonkamer. Om een ronde tafel met een glazen blad, stond een oud bankstel, waarvan de pluche bekleding bijna geheel was versleten. In de asbak op tafel lagen peuken. Sommige met een bruin mondstuk, waaraan het rood van lipstick.
Op een dressoirtje met een scheefgezakte deur stond een groot kleurentelevisietoestel. Daarnaast, aan de wand, hing een telefoon met een klapper.
De slaapkamer was een chaos. Uit een tweepersoons matras, los op de vloer, puilden plukken kapok. Er waren geen lakens, geen slopen, alleen een paar stinkende, sterk vervuilde dekens. Overal verspreid lagen kledingstukken.
Vledder zuchtte.
'Er is niemand,' sprak hij triest. Achter De Cock aan liep hij terug naar de woonkamer. 'Zullen we hier op die Jaap van Santen blijven wachten?' De Cock schudde zijn hoofd.
'Dat lijkt mij niet verstandig. We kunnen beter de woning weer op slot doen en buiten in de wagen op hem wachten. Van Santen is opvallend lang en mager. Het moet niet moeilijk zijn hem te herkennen.'
'Heb je geen foto?'
'Nee, die hadden ze niet bij ons. Wel bij de politie in Utrecht, maar ik heb geen zin om mij daar te melden en uitleg te geven van hetgeen ik hier kom doen.'
'Heb je een signalement van Jan Rouweler?'
De Cock knikte.
'Een blond ventje met een nietszeggend gezicht. Om daaraan toch enige expressie te geven, heeft hij wat haar op zijn bovenlip laten groeien.'
Vledder lachte.
'Hij heeft dus een snor.'
'Precies.'
'Zullen we eerst op Hoog Catharijne gaan kijken? Misschien pik-

ken we hem daar op. Lukt dat niet, dan komen we hier weer terug.'
De Cock antwoordde niet direct. Hij plukte peinzend aan zijn onderlip. Hij had gehoopt Jaap van Santen in zijn woning te verrassen. Een speurtocht door het grote winkelcentrum lokte hem niet.
Plotseling beende hij door de kamer naar de telefoon en griste de klapper van de wand. Het was een ingeving. Hij liet zijn wijsvinger langs het alfabet glijden en deed de klapper open bij de 'H'. Een zoete glimlach zweefde om zijn lippen. Onderaan, het laatst bijgeschreven, stond de naam die hij zocht.
Hij liep met de klapper naar Vledder en liet het hem zien.
De jonge rechercheur keek verbaasd op.
'Haareveld,' hijgde hij. 'Willy Haareveld.'

11

Rechercheur De Cock had een hekel aan 'posten'. Het was een facet van zijn beroep, maar hij kon er zelden het geduld voor opbrengen. Urenlang een bepaald huis in de gaten houden, was hem een gruwel. Als hij even de kans kreeg, liet hij het anderen doen.
Hij schoof de mouw van zijn colbert iets terug en keek op zijn polshorloge. Het was bijna half vier. Ze zaten nu al meer dan anderhalf uur in de benauwde Volkswagen onafgebroken naar de deur van de Jan Overdijkstraat 379 te turen. En er gebeurde niets.
Met een zucht keek hij opzij naar Vledder, die meer rust toonde dan hij van hem gewend was.
'Ik krijg een blikken kont van al dat zitten. Wie weet hoe laat die Jaap van Santen thuiskomt. Dat kan best heel laat worden.'
Vledder trok zijn schouders op.
'Ik ben toch wel verrekt nieuwsgierig welke relaties hij met Willy Haareveld onderhoudt.' Hij zweeg even. 'Nul-eenentwintig-drieenvijftig is toch het kengetal van Laren?'
De Cock knikte.
'Voor ik de woning van Jaap van Santen weer netjes afsloot, heb ik het even in het telefoonboek nagekeken.'

Vledder klemde zijn lippen op elkaar. Daarna klapte hij met zijn vlakke hand op het stuurwiel voor hem. 'Het is mij allemaal te toevallig.'
'Wat?'
Vledder draaide zich half om.
'Laten we het hele geval nu eens op een rijtje zetten,' begon hij vurig. 'Jean-Paul Stappert komt via Smalle Lowietje in contact met Willy Haareveld... we mogen zeggen een uiterst louche impresario... en biedt hem een fortuin aan melodieën. Onmiddellijk nadat Jean-Paul Stappert is vermoord, komen Jaap van Santen en zijn maat naar het pension aan de Prins Hendrikkade en doorzoeken de kamer van Erik Baveling.'
'Grondig.'
Vledder knikte instemmend.
'Inderdaad... uiterst grondig.' Hij stak zijn wijsvinger omhoog. 'Nog diezelfde avond... het was al bijna nacht... meldt Willy Haareveld zich aan de Warmoesstraat om luid zijn onschuld aan de moord te betuigen.' Vledder grinnikte droog. 'En wat vinden wij hier in de klapper van die Jaap van Santen... de naam en het telefoonnummer van Willy Haareveld.'
De Cock glimlachte.
'En wat zegt dat?'
Vledder keek hem vol onbegrip aan.
'Wat zegt dat?' herhaalde hij. 'Dat... eh, dat er een relatie bestaat tussen Jaap van Santen en Willy Haareveld.' Hij aarzelde even voor hij verder ging. 'En dat er mogelijk een verband ligt tussen Willy Haareveld en het zo grondig doorzoeken van de pensionkamer van Erik Baveling.'
De Cock keek zijn jonge collega bewonderend aan.
'Heel goed, Dick, heel goed. De vraag die dan onmiddellijk opdoemt is... wat dacht Willy Haareveld in de kamer van Erik van Bavelingen te vinden... c.q. te laten vinden?'
De mond van Vledder viel open.
'Een fortuin aan melodieën?'
De Cock schudde zijn hoofd. Op zijn gezicht lag een verdrietige trek. 'Nee, nee,' riep hij wat wrevelig. 'Dat klopt niet. Dat is niet goed. Zie je, een fortuin aan melodieën lag niet in de kamer van Erik Baveling, maar zweefde in het hoofd van een *levende* Jean-Paul Stappert. Begrijp je, een dode Jean-Paul Stappert had

voor...' Plotseling stokte hij en wees met gestrekte arm naar de voorruit.
'Jan... Jan Rouweler.'

Vledder stond wijdbeens middenin de kamer. Hij stond te wippen op de ballen van zijn voeten. Vanuit de hoogte keek hij naar de jongeman op de bank. De Cock had gelijk, vond hij, Jan Rouweler had een nietszeggend gezicht. Vledder boog zich iets naar voren.
'Waar is Jaap van Santen?'
Jan Rouweler trok zijn schouders op.
'Hij ging een paar dagen weg, zei hij. Naar het buitenland. Ik heb de sleutel van zijn woning gekregen. Ik heb zelf geen onderkomen en ik wil niet altijd bij mijn moeder zijn. Dat mens zeurt altijd zo... over werken en dat soort dingen.'
Vledder knikte begrijpend.
'Wanneer komt Jaap terug?'
Jan Rouweler stak zijn beide handen verontschuldigend naar voren. 'Dat weet ik niet. Echt niet. Jaap is een eigenheimer. Hij zegt nooit veel. Ik zie wel wanneer hij terugkomt.'
'Ken je Willy Haareveld?'
De jongeman trok een dom gezicht.
'Nooit van gehoord.' Hij blikte omhoog naar Vledder. 'Moet ik hem kennen?'
De jonge rechercheur keek hem doordringend aan.
'Ja,' zei hij strak, overtuigend.
Jan Rouweler maakte een grimas.
'Hebt u een foto?'
'Van wie?'
'Van die man, die ik moet kennen.'
De Cock kwam tussenbeide.
'Wat heeft Jaap van Santen jou gegeven voor dat karweitje in Amsterdam?'
'Welk karweitje?'
'Het doorzoeken van die kamer in het pension aan de Prins Hendrikkade.'
'Ben ik niet geweest.'
De Cock grijnsde.
'Waarom denk je dat wij met ons beiden naar Utrecht zijn gekomen? Zomaar... op de bonnefooi?' Hij schudde zijn hoofd. 'Vin-

gertjes... vingertjes van jou en Jaap. Het kamertje zat er vol mee. Bovendien kan de pensionhoudster jullie herkennen.'
Jan Rouweler liet zijn hoofd zakken.
'Twee geeltjes.'
Het klonk mat.
De Cock ging naast hem op de bank zitten.
'Meer niet?' vroeg hij verbaasd.
'Het was een klussie van niks.'
De Cock snoof verachtelijk.
'Jaap van Santen zal er aanmerkelijk meer voor hebben gekregen.'
Jan Rouweler maakte een schouderbeweging.
'Daar heb ik geen moer mee te maken. Dat is zijn pakkie an. Ik ben al blij als Jaap mij af en toe wat laat verdienen.'
De Cock schudde afkeurend zijn hoofd.
'Je laat je belazeren, jongen,' sprak hij gemoedelijk. 'Zo wordt je nooit groot. Vijf tientjes... jouw deel om in de kamer van een vermoorde jongen te snuffelen. Ik denk, dat Jaap van Santen nu van zijn deel een aardig snoepreisje maakt. Wat dacht je... hoever zal hij komen met twee geeltjes?'
De jongeman werd duidelijk onrustig.
'Het was een klussie van niks,' riep hij opstandig. 'Dat zei ik toch. Jaap had het gemakkelijk alleen kunnen doen. Hij vroeg of ik mee ging naar Amsterdam. Voor de gezelligheid. Dat ik ook nog twee geeltjes kreeg, was gewoon meegenomen.' Hij blikte opzij naar De Cock. 'Bovendien... wat heb ik gedaan? Ik heb alleen gekeken terwijl Jaap zocht.'
'Waarnaar?'
Jan Rouweler liet zijn hoofd weer zakken en zweeg.
De Cock boog zich iets naar hem toe.
'Waar zocht Jaap naar?'
Jan Rouweler slikte.
'Dat... eh, dat weet ik niet.'
De Cock klemde zijn lippen op elkaar.
'Waar zocht Jaap naar?' herhaalde hij dwingender.
Jan Rouweler schudde wild zijn hoofd.
'Dat weet ik niet.' Hij schreeuwde. 'Dat weet ik niet!' Met zijn hoofd diep in zijn schouders sprong hij plotseling schuin naar voren. Hij trof Vledder, die nog voor hem stond, midden in zijn maag. Vledder tuimelde achterover en klapte op de glazen plaat

van de ronde tafel. Het dikke glas brak. Het gaf een harde droge knal, als een pistoolschot.
Voordat de oude rechercheur kon ingrijpen, rende Jan Rouweler tussen de beide fauteuils door naar de keuken.
De Cock rende hem in draf na. Toen hij de keuken had bereikt, hoorde hij beneden de buitendeur al dichtslaan. Hij draaide zich om. Hijgend holde hij terug naar de kamer.
Met een bleek gezicht krabbelde Vledder overeind.

De beide rechercheurs keken stug voor zich uit. Hun missie naar Utrecht was niet bijster succesvol geweest. In een droeve mineurstemming reden ze terug naar Amsterdam. De zon en de fraaie cumuluswolken in het blauw waren verdwenen. Het regende weer. Bij stromen. De ruitewissers van de oude Volkswagen zwiepten monotoon heen en weer. Ze konden het vele water nauwelijks verwerken.
De Cock drukte zich wat omhoog. Hij had moeite om wakker te blijven. Bezorgd keek hij naar Vledder.
'Hoe gaat het?'
Dick Vledder bromde. Zijn gezicht had nog weinig kleur. 'Als ik het niet meer red, zet ik de wagen wel aan de kant van de weg. Dan mag jij verder rijden.'
'Heb je pijn?'
Vledder kneep zijn beide ogen stijf dicht en kermde.
'Ik voel mijn maag. Zo af en toe heb ik een misselijk gevoel. Die snuiter had een verrekt harde kop.' Hij schudde zijn hoofd. 'Het was stom. Ik had het moeten zien aankomen. Hij werd zo onrustig.'
De Cock knikte met een ernstig gezicht.
'Je mag nog van geluk spreken dat je met je achterwerk op dat ronde tafelblad terechtkwam en niet met je rug. Het was ook een mazzel dat het dikke glas maar één keer brak. Je had je anders aan de glasscherven lelijk kunnen bezeren.'
Vledder zuchtte diep.
'Ik heb alleen een winkelhaak in mijn jas.'
De Cock grinnikte.
'Een uitgebreid rapport in drievoud. Misschien krijg je het vergoed.'
Op Vledders wangen kwam wat kleur.

'Ik moet een nieuwe jas.'
'Dat zou ik maar vergeten. Zo scheutig zijn ze niet bij de politie. Je mag blij zijn als je het onzichtbaar mag laten stoppen.'
Vledder trok zijn gezicht strak.
'Ik moet een nieuwe jas,' herhaalde hij nukkig. 'Geen stoppages.'
De Cock lachte bevrijd. Hij was blij dat zijn jonge collega weer iets van zijn strijdvaardigheid terug kreeg.
'Je kunt natuurlijk proberen om tegen die Jan Rouweler een civiele vordering in te stellen. Maar ik ben bang dat het niets uithaalt. Je kunt geen veren plukken van een kikker.'
Vledder reageerde niet direct. Een tijdlang staarde hij nadenkend door de voorruit. 'Zou... eh, zou die Rouweler echt niet weten waarnaar Jaap van Santen zocht?'
De Cock plooide de grillige accolades rond zijn mond tot een grijns. 'Jan Rouweler liegt. Hij wist en weet verdomd goed waarnaar Jaap van Santen zocht. Hij zocht toch zelf ijverig mee. Zijn vingerafdrukken staan in de kamer op alle kasten.'
Vledder keek opzij naar De Cock, die weer iets onderuit was gezakt. 'Zullen we per telex van die twee de opsporing, aanhouding en voorgeleiding verzoeken?'
De Cock schudde zijn hoofd.
'We weten niet of ze wat uit de kamer van Erik Bavelingen hebben weggenomen. Ik mis niets. We kunnen ook niet bewijzen dat ze van plan waren dat te doen. Wat overblijft is de vernieling van bedden en kussens en daarvoor kunnen we hen buiten heterdaad niet arresteren.' Hij maakte een mistroostig gebaartje. 'We kunnen hoogstens uiterst vriendelijk de opsporing van hun verblijfplaats verzoeken. Maar dat is dan ook alles.'
Vledder voelde met een verwrongen gezicht aan zijn maag.
'Wat dacht je van mishandeling?'
De Cock lachte wat zuur.
'Zelfs dat gaat niet op. Jan Rouweler had niet de opzet om jou pijn of letsel toe te brengen. Hij had in Utrecht opeens genoeg van ons gezelschap en toen hij wilde opstappen, stond jij hem in de weg.'
Vledder onderdrukte een gevoel van misselijkheid.
'Je had advocaat moeten worden,' meesmuilde hij.
De Cock glimlachte triest.
'Zo droevig zit onze wet in elkaar.'
Na de Utrechtsebrug sloegen ze linksaf en reden langs het RAI-

gebouw naar de binnenstad. Het was opmerkelijk rustig. De avondspits... de dagelijkse exodus uit Amsterdam... was weggeëbd. Zelfs op het brede trottoir van het Damrak liep maar een enkele voetganger.
Vledder parkeerde de Volkswagen op de steiger. Wat verkreukeld stapten ze uit en slenterden via de Oudebrugsteeg naar de Warmoesstraat.
Toen ze de hal van het politiebureau binnenkwamen, wenkte de wachtcommandant van achter de balie met een kromme vinger. Hij deed angstig, wat geheimzinnig.
De beide rechercheurs liepen om hem toe.
'Is er wat?' vroeg De Cock.
'Het kwartet is boven.'
De Cock keek hem niet begrijpend aan.
Brigadier Kusters stak vier vingers omhoog.
'De Officier van Justitie, onze commissaris, ene heer Baveling en een dikke, dure advocaat.'
De Cock kneep zijn ogen half dicht.
'Waarom?'
Jan Kusters boog zich naar hem toe.
'Ramón Baveling is verdwenen.'

12

Vledder reageerde verschrikt.
'Zou Waardenburg toch hebben gekletst?'
De Cock zuchtte diep.
'Daar heeft het alle schijn van.'
Vledder slikte. Hij kromp wat ineen en zag in-bleek. Met een trillende vinger wees hij omhoog. 'Dan zit daar voor ons een comité van ontvangst.'
De Cock knikte traag. 'Zo zou je het kunnen noemen,' sprak hij mat.
Hij streek nadenkend met zijn pink over de rug van zijn neus. 'Laat jij je in het ziekenhuis even nakijken. Je maag en je rug. Je kunt met die dingen niet voorzichtig genoeg zijn. Als ze je daar niet

houden, duik thuis onder de wol. Zien we elkaar morgen weer.'
Vledder keek zijn oudere collega onderzoekend aan.
'Je wilt mij kwijt?'
De Cock glimlachte.
'Je weet wel beter.' Hij legde vertrouwelijk zijn hand op de schouder van de jonge rechercheur. 'Het is echt goed dat je je even laat nakijken. Je hebt in die kamer een flinke smak gemaakt.' Er kwam een grijns op zijn gezicht. 'Het zou voor jou vrijdag de dertiende kunnen zijn. Je bent niet erg gelukkig vandaag. Het is beter om verdere ongelukken te voorkomen.' Hij wendde zich tot brigadier Kusters. 'Wil jij hem even met een wagentje laten wegbrengen?'
Kusters knikte instemmend. De Cock draaide zich om en ging de trap op.
Met gemengde gevoelens keek Vledder hem na.

Rechercheur De Cock klopte op de deur. Toen hij onmiddellijk daarna de kamer van de commissaris binnenstapte, viel er een stilte. Het duurde even voor men zich had hersteld.
Mr. Schaaps gunde hem een genadig hoofdknikje. Buitendam liep met een rood gezicht op hem toe en gebaarde naar twee mannen in de lage stalen fauteuils van het zitje in de hoek.
'Dat is de heer Baveling,' sprak hij geaffecteerd. 'Met zijn rechtskundige, mr. van Mechelen.'
De Cock boog vormelijk. Intussen tastte hij de gezichten af. Mr. Van Mechelen kende hij. De corpulente advocaat had eens een onderzoek van hem in een moordzaak tijdens de terechtzitting volledig afgekraakt. Grof, onelegant en op een wijze dat hij zich niet had kunnen verdedigen. Sindsdien was hij bijzonder op zijn hoede wanneer de rechtskundige zijn pad kruiste.
De heer Baveling maakte op hem geen onsympathieke indruk. Een lange slanke man met een scherpgesneden gezicht en veel grijs aan de slapen. Hij was uiterst correct gekleed in een fraai donkerblauw kostuum, waaronder een wit overhemd met een parelgrijze stropdas. De Cock schatte hem op voor in de vijftig.
Commissaris Buitendam kuchte.
'De beide heren zijn in hun verontrusting naar onze Officier van Justitie, mr. Schaaps gestapt en hebben opheldering gevraagd.'
De Cock veinsde verbazing.

'Waarover?'
'Ramón, de zoon van de heer Baveling, is verdwenen.'
'Sinds wanneer?'
Mr. van Mechelen nam het woord.
'Vanmiddag. De heer Baveling had om één uur een afspraak met zijn zoon om in Amsterdam in het restaurant van het Sonesta-hotel te lunchen. De heer Baveling wilde tijdens de lunch zijn zoon aan een paar medewerkers van hem voorstellen. Het is met name de bedoeling, dat Ramón een functie in de onderneming gaat bekleden. Maar Ramón kwam niet opdagen.'
'En toen?'
Mr. Van Mechelen wenkte opzij.
'De heer Baveling begreep er niets van. Ramón is doorgaans erg punctueel. Hij belde naar zijn huis in Heemstede. Daar vertelde een bediende hem, dat Ramón met zijn wagen was vertrokken.'
'Was mevrouw Baveling niet thuis?'
Mr. Van Mechelen schudde zijn hoofd.
'Die was weg om... eh, om de begrafenis van haar zoon Erik te regelen.'
De Cock beluisterde de toon en de zinsbouw.
'Sindsdien is er niets meer van Ramón vernomen?' vroeg hij bezorgd.
Mr. Van Mechelen trok zijn vet gezicht in een ernstige plooi. Hij opende het deksel van zijn leren aktenkoffertje voor zich op tafel, nam daaruit een vel papier en reikte dat De Cock aan.
'Dit vond de heer Baveling een paar uur geleden in de kamer van Ramón. Misschien heeft u er een verklaring voor.' Het klonk messcherp.
De Cock nam het vel gelaten aan en las hardop. *'De recherche van het bureau Warmoesstraat heeft het plan mij voor de moord op Erik en die andere jongen te arresteren. Het is daarom beter, dat ik verdwijn. Veel liefs, Ramón. PS. Pa, regel je het voor me?'* De Cock gaf het vel papier grijnzend aan de advocaat terug. 'En daar bent u nu mee bezig.'
'Wat?'
'Dat ''regelen''.'
Mr. Van Mechelen kwam uit zijn fauteuil overeind.
'Ik eis namens mijn cliënt van u een verklaring.'
De Cock trok wat nonchalant zijn schouders op.

'Heeft Ramón die beide moorden gepleegd?'
'Belachelijk.'
'Waarom verdwijnt hij dan?'
De advocaat snoof.
'Omdat hij niet onschuldig door u gearresteerd wenst te worden.'
De Cock schudde zijn hoofd.
'Ik arresteer geen onschuldige mensen.'
'Heeft u bewijzen... aanwijzingen, dat Ramón bij die moorden is betrokken?'
'Neen.'
Mr. Van Mechelen klapte een paar maal met zijn nagels tegen het vel papier.
'Hoe kan Ramón hier dan schrijven dat u het plan heeft hem te arresteren?'
De Cock grinnikte.
'Een goede vraag, meneer de advocaat. Waar haalt hij het vandaan? Maar misschien is Ramón niet zo onschuldig als u voorgeeft... misschien is zijn angst om gearresteerd te worden niet ongegrond.'
Mr. Van Mechelen keek hem minachtend aan.
'Dat zijn loze veronderstellingen.'
De Cock knikte.
'Dezelfde loze veronderstellingen die Ramón bewogen om van het toneel te verdwijnen, want ik heb niet het plan hem te arresteren. Nog niet.' De Cock zweeg even en ademde diep. 'Door uw aanwezigheid hier, heb ik het onbestemde gevoel, dat u over bewijzen beschikt die ik nog mis en dat het verdwijnen van Ramón gewoon een truc is van een handige advocaat om een mogelijke verdachte aan mijn nasporingen te onttrekken.'
Het gezicht van mr. Van Mechelen kleurde dieprood. Hij posteerde zich wijdbeens voor De Cock. Het vet van zijn nek puilde over zijn boordje.
'Dat zijn insinuaties.'
Hij schreeuwde.
De Cock keek hem fel aan. De wrevel over die afgekraakte moordzaak kwam weer bij hem boven.
'U mag ze noemen hoe u wilt,' sprak hij kalm. 'Ik zeg u alleen, dat ik met de mogelijkheid die ik u aangaf, ernstig rekening houd.'
Commissaris Buitendam kwam geschokt tussenbeide.

Hij strekte gehaast zijn arm naar de deur.
De Cock stak afwerend zijn hand op.
'Stil maar... ik ga al.'
Toen hij de kamer afstapte danste er een glimlach van triomf om zijn lippen.

De Cock keek Vledder bij zijn binnenkomst lachend aan.
'Wat zeiden ze in het ziekenhuis? Zaten al jouw botten nog op hun juiste plaats of was er iets verschoven?'
Een lange nachtrust had de jonge rechercheur zichtbaar verkwikt. Zijn ogen stonden helder en zijn gezicht had weer wat kleur. Hij wierp zijn jas op de kapstok en liet zich in zijn stoel achter zijn bureau zakken.
'Volgens die dokter waren mijn botten onbeschadigd. Ik had aan mijn rug alleen een paar schaafwondjes en blauwe plekken. Hematomen heet dat deftig.'
'En je maag?'
Vledder wuifde nonchalant.
'Als pijn en misselijkheid aanhouden, moet ik terugkomen voor een foto. Maar ik voel al niets meer.' Hij keek op. 'Ik ben verrekte nieuwsgierig. 'Hoe... eh, hoe was het comité van ontvangst?'
De Cock grijnsde.
'Ik denk niet dat ik vrienden heb gemaakt.'
Vledder hield zijn hoofd scheef.
'Ben je weer tekeergegaan?'
De Cock trok achteloos zijn schouders op.
'Mr. Van Mechelen, de advocaat van de heer Baveling, begon hoog van de toren te blazen. Ramón had thuis een afscheidsbrief geschreven, waarin hij vermeldde, dat wij, recherche van het bureau Warmoesstraat, het plan hadden om hem te arresteren en dat hij het daarom raadzaam vond om te verdwijnen. Van Mechelen eiste van mij daarover een verklaring.'
Vledder beet op zijn onderlip.
'Dat komt van Kiliaan Waardenburg,' sprak hij spijtig. 'Die heeft uit mijn verhoor de conclusie getrokken, dat wij Ramón verdachten.'
'Duidelijk.'
'Heb je dat gezegd?'
De Cock schudde zijn hoofd.

'Dat leek mij niet zo handig. Ik heb de zaak gewoon omgedraaid. In plaats van beschuldigd te worden, beschuldigde ik. Ik vroeg onomwonden aan de advocaat of Ramón Baveling de beide moorden had gepleegd. Toen mr. Van Mechelen dat een belachelijk idee vond, vroeg ik hem waarom Ramón verdween als hij onschuldig was.'
Vledder glunderde. 'En toen?'
De Cock plukte aan het puntje van zijn neus.
'Ik zal je niet lastig vallen met alle schermutselingen die ik met mr. Van Mechelen had. Hij wond zich wel steeds verder op. Toen ik te kennen gaf, dat ik het verdwijnen van Ramón Baveling zag als een truc van een handige advocaat om Ramón aan onze nasporingen te onttrekken, dacht ik dat hij explodeerde. Hij stond als een opgeblazen kikker voor me en Buitendam stuurde mij de kamer af.'
'Zonder dat je een verklaring had afgelegd?'
'Precies.'
Vledder lachte uitbundig. 'Prachtig, gewoon prachtig.' Het duurde even. Toen liet hij de gulle lach van zijn gezicht verglijden. 'Hoe... eh, hoe denk je werkelijk over de verdwijning van Ramón Baveling?' Zijn toon was ineens ernstig. Gespannen. 'Vind je het geen bewijs van schuld? In een goeddoortimmerde rechtsstaat... en daar leven we toch in... waarin zoveel veiligheden voor de verdachte zijn ingebouwd, loopt toch vrijwel niemand nog het risico om onschuldig veroordeeld te worden?'
De Cock trok een bedenkelijk gezicht.
'Als ik jou af en toe bezig hoor...' Hij maakte zijn zin niet af en wuifde afwerend. 'Dat is een grapje... om je te plagen.' Hij zweeg even en ademde diep. 'Het is heel goed mogelijk, dat moeder Baveling na Eriks dood haar zoon Ramón bittere verwijten heeft gemaakt en de oude affaire van de heroïne-test en het gedrag van Ramón na Ricky's dood weer geheel heeft opgerakeld. Zo'n alarmerend telefoontje van vader of zoon Waardenburg kan dan wel eens een schok-effect teweegbrengen.'
'Je bedoelt, dat hij verdwijnt, terwijl hij in werkelijkheid onschuldig is?'
De Cock knikte nadrukkelijk.
'Bij een schuldgevoel behoef je niet altijd de materiële of feitelijke dader te zijn. Er kan ook sprake zijn van een morele schuld.'
Vledder grijnsde ongelovig. 'Bij een man als Ramón?'

De Cock stak waarschuwend zijn vinger op.
'We kennen Ramón alleen door de ogen van zijn moeder. Het is zaak daar goed rekening mee te houden. Het zou mij niets verbazen als vader Baveling een heel ander karakterbeeld van zoon Ramón gaf.' Hij krabde zich achter in zijn nek. 'Ik kan mij niet aan de indruk onttrekken, dat het niet zo best botert in het huwelijk tussen ma en pa Baveling. Pa Baveling maakte gisteravond op mij geen onsympathieke indruk. Als Ramón inderdaad op zijn vader lijkt, dan kon hij wel eens minder bloeddorstig zijn als wij aanvankelijk dachten.'
Vledder knikte nadenkend.
'Zullen we Ramón Baveling dan maar schrappen als mogelijke verdachte?'
De Cock reageerde wrevelig. 'Jij valt van het ene uiterste in het andere. De motieven, die voor Ramón Baveling gelden – en die je zelf zo scherpzinning hebt aangedragen – staan nog kaarsrecht overeind. Door zijn verdwijning heeft dat alleen maar een extra accent gekregen. Ik heb in dat concept van jou alleen wat moeite met de moord op Jean-Paul Stappert. Naar mijn gevoel past die er niet in. Maar zolang we nog volkomen in het duister tasten, wil ik van schrappen niets weten.' Er gleed een glimlach om zijn lippen. 'Zeker niet nu mijn oude vriend mr. Van Mechelen is ingeschakeld.' Hij stond van zijn stoel op en wees naar de grote klok aan de wand. 'Straks om elf uur worden die twee jongens begraven... op Westgaarde. Ga eens kijken wie er belangstelling toont.' In een trage slenterpas waggelde hij naar de kapstok.
Vledder kwam hem na.
'En waar ga jij heen?'
'Op koffievisite.'
'Bij wie?'
De Cock grijnsde van oor tot oor.
'Handige Henkie.'

13

Handige Henkie keek de grijze speurder peilend aan. Zijn hoofd

een beetje scheef. 'Ben je echt alleen gekomen om een kop koffie bij mij te drinken?' vroeg hij achterdochtig. 'Ik kan het nauwelijks geloven. Volgens mij voer je weer wat in je schild.'
'Hoe is het met je dochter Jozefien?'
'Prima.'
'Geen moeilijkheden meer?'
'Nee.'
'Ik heb haar een tijd niet gezien.'
Handige Henkie klapte met zijn vlakke hand op tafel. 'Kom, De Cock,' sprak hij geïrriteerd, 'draai er niet om heen. Wat wil je?'
De Cock liet zijn hoofd iets zakken en krabde achter zijn oor. 'Ik... eh, ik had graag, dat je met me op pad ging,' sprak hij aarzelend. 'Ik ben bang, dat ik het alleen niet af kan.'
De ex-inbreker schudde zijn hoofd.
'Nee,' antwoordde hij resoluut. 'Dat kun je dit keer vergeten. Ik begin er niet meer aan. Tijdens dat laatste geintje van je ging er zoveel fout, dat ik blij was, dat ik er gaaf uitkwam. Ik heb toen bij mijzelf gezworen, dat ik het nooit meer zou doen. Ik wil dat risico niet meer lopen. Waarom ook?' Hij keek naar De Cock. 'Weet je hoe lang ik al op vrije voeten ben?'
De rechercheur knikte traag.
'Zeventien jaar... acht maanden... drie weken... en twee dagen.'
Handige Henkie keek hem verwonderd aan.
'Dat weet je goed.'
De Cock trok een ernstig gezicht.
'Voor ik naar je toe ging, heb ik het in het archief even nagekeken.'
'Waarom?'
'Zomaar. Ik wilde het weten.'
Handige Henkie werd kregelig. Hij zwaaide om zich heen. 'Ik heb het goed, De Cock. Geen sores. En ik woon hier gezellig. Ik zou dit kamertje niet graag voor een gore bajes-cel willen ruilen.'
De Cock knikte begrijpend.
'Onderweg, naar je toe, heb ik er over nagedacht.' Zijn stem klonk droevig. 'Ik besefte, dat ik al veel te vaak een beroep op je heb gedaan. Ik begreep, dat er eens een eind aan zou komen.'
De ex-inbreker grijnsde.
'Ga je sentimenteel doen?'
De Cock streek met zijn hand over zijn stugge grijze haar.

'Wat is daar op tegen? Ik ken je bijna een kwart eeuw. Dat is een heel brok van een mensenleven. Ik heb in het begin achter je aan gezeten. Ik heb je een paar jaar lik bezorgd en toch was je later steeds bereid mij te helpen. Zulke dingen vergeet je niet, Henkie. Dat bewaar je in je hart.'
De oude inbreker schoof onrustig op zijn stoel heen en weer. 'Schei daar mee uit, De Cock,' snauwde hij geërgerd. 'Ik laat mij door jou niet week maken. Ik ga niet meer met je op pad. En daarmee basta.' Hij zuchtte diep. Zijn toon werd milder. 'Bovendien zijn de tijden veranderd. Het is niet meer zoals vroeger.' Hij gebaarde met zijn beide handen. 'Wat weet ik van de tegenwoordige inbraakbeveiligingen met moderne elektronica? Niets. Ik weet iets van sloten. Ik weet hoe je een brandkast open peutert. Dat was in mijn tijd genoeg.'
De grijze speurder strekte zijn rechterwijsvinger naar hem uit. 'Voor mij ben je nog steeds de grootste inbreker van het oostelijk halfrond.'
'Het westelijk halfrond zul je bedoelen,' zei de grootste inbreker snibbig.
'Nee, dat denken de meeste mensen, omdat wij in West-Europa wonen. Maar we zitten hier echt op het oostelijk halfrond. Kijk maar na in de atlas.'
'Ik kijk niks na.'
'Het doet er ook niet toe,' zei De Cock mild. 'Je bent waarschijnlijk toch de beste van alletwee de halfronden.'
Handige Henkie schudde zijn hoofd.
'Begin niet weer opnieuw,' sprak hij stug. 'Je kent mijn standpunt.'
De Cock glimlachte.
'Ik dacht, dat ik koffie van je kreeg.'

'Hoe was het op Westgaarde?'
Vledder haalde zijn schouders op.
'De morbide belangstelling van lieden die naar de begrafenis van elke vermoorde man of vrouw komen kijken. Verder heb ik voor het eerst familie van Jean-Paul Stappert ontmoet... zijn moeder. Ze was uit Parijs overgekomen. Daar woont ze nu.'
'Heeft Jean-Paul geen vader?'
Vledder schudde zijn hoofd.

'Geen wettige. De natuurlijke vader van Jean-Paul was een bijzonder levenslustige Franse muziekmaker, die een paar jaar met Marianne-Suzanna Stappert samenleefde. Ze was als een au pair-meisje naar Parijs getogen om zich de Franse taal eigen te maken en ontmoette de muzikant op een feestje ten huize van de familie bij wie ze in dienst was. Volgens moeder Stappert was het liefde op het eerste gezicht.'

De Cock grinnikte.

'Je kunt beter voor de tweede keer kijken.'

Vledder negeerde de opmerking en ging onverstoord verder. 'Ze betrokken samen een sombere huurkamer in het Quartier Latin, niet ver van de beroemde Sorbonne en leefden onstuimig en gelukkig totdat...'

'... de kleine Jean-Paul zich meldde.'

Vledder knikte.

'Precies. Toen verdween de jolige en vooral hartstochtelijke muzikant en liet zich niet meer zien. Marianne-Suzanna Stappert ging terug naar Amsterdam en kreeg daar haar baby, die, bij het ontbreken van een wettelijke vader, de naam van zijn moeder kreeg. Marianne-Suzanna Stappert heeft lange moeilijke jaren voor haar kind gewerkt en er zelfs voor gezorgd, dat Jean-Paul, genoemd naar haar minnaar, een gedegen Havo-opleiding kreeg. Een paar maanden na het behalen van zijn diploma is hij verslaafd geraakt. Ze heeft van alles geprobeerd om hem van zijn verslaving af te helpen. Toen dat niet lukte en ze door haar zoon in een poel van ellende dreigde onder te gaan, vluchtte ze naar Parijs... waar ze eens gelukkig was geweest.'

De Cock keek zijn jonge collega wat verstrooid aan.

'Heeft ze je dat allemaal verteld?' vroeg hij ongelovig. 'Het lijkt wel een driestuiversroman.'

Vledder knikte met een droef gezicht.

'Na de begrafenis,' sprak hij triest. 'In een bruin kroegje aan het Damrak... bij een glaasje cognac. Ze had maar een paar uur voor haar trein naar Parijs vertrok.'

'Hoe leerde je haar kennen?'

Vledder gebaarde met een open hand.

'Ik zag toevallig dat ze in de aula haar naam in het condoleantieregister schreef en stelde mij aan haar voor.' Met een vage glimlach om zijn lippen staarde Dick Vledder dromerig voor zich uit. 'Mari-

anne-Suzanna Stappert is een indrukwekkende vrouw. Heel intelligent en nog bijzonder knap voor haar jaren. Ik heb haar naar het Centraal Station gebracht. Kort voor haar trein wegreed, kuste ze me heel sensueel.'
De Cock trok een denkrimpel in zijn voorhoofd.
'Ze... eh, ze was niet erg onder de indruk van de dood van haar zoon?'
Vledder schudde zijn hoofd.
'Ze heeft mij dat uitgelegd. Voor haar gevoelsleven was haar zoon al gestorven op het moment dat ze, nu vijf jaar geleden, voor haar vertrek naar Parijs afscheid van Jean-Paul nam.'
De Cock streek met zijn pink over de rug van zijn neus.
'Kon ze nog enig licht werpen op de mysterieuze dood van haar zoon? Hij stierf niet door een overmatig gebruik van drugs... zoals ze misschien had verwacht... maar werd heel koelbloedig vermoord.' Hij zweeg even. Nadenkend. 'Je hebt haar toch verteld onder welke omstandigheden Jean-Paul stierf.'
Vledder knikte heftig.
'Zeker.'
'En?'
Vledder weifelde.
'Ze... eh, ze vond dat niet zo belangrijk,' begon hij wat aarzelend. 'Moord was volgens haar gewoon een facet van het menselijk sterven. Niet veel anders dan het sterven bij een verkeersongeval of aan de gevolgen van een of andere ziekte.'
De Cock keek hem schuins aan.
'Was je het daarmee eens?'
Vledder trok wat schuchter zijn schouders op.
'In één ding had ze gelijk... de uitkomst is steeds hetzelfde... de dood.'
De Cock kneep zijn ogen half dicht. 'Hoeveel... hoeveel glaasjes cognac hebben jullie samen in dat kroegje gedronken?'
Vledder grinnikte. 'Twee, drie...'
'Tel eens verder.'
Vledder schudde zijn hoofd.
'Niet meer. Echt niet. Maar ik zei je toch... ze is een indrukwekkende vrouw. Als we wat meer tijd hadden gehad, was ik misschien wel verliefd op haar geworden.'
De Cock analyseerde de uitdrukking op het gezicht van zijn jonge

collega... de vage glimlach om de mond, de dromerige blik uit zijn blauwe ogen. 'Ik ben zelfs bereid,' verzuchtte hij, 'om dat te geloven.' Hij knipperde met zijn vingers om Vledder uit zijn zoete hypnose te wekken. 'Was vader Baveling op de begrafenis?'
Het duurde even. Toen verdween de vage glimlach. De blik van Vledder werd weer helder. Hij schudde zijn hoofd. 'Hij was er niet. Ik heb althans geen man in de nabijheid van moeder Baveling gezien. Ze was in gezelschap van een vrouw. Ik dacht een zuster. Er was enige gelijkenis.' Hij zweeg even en staarde voor zich uit. 'Ik had een stille hoop, dat Ramón op de begrafenis van zijn broer zou verschijnen.'
'En?'
'Hij was er niet.'
'Zou je hem hebben herkend?'
Vledder knikte nadrukkelijk.
'Voor ik naar Westgaarde ging, heb ik nog even met onze collega uit Heemstede gebeld. Hij gaf mij een heel bruikbaar signalement.'
'Wist hij al dat Ramón was verdwenen?'
'Vader Baveling meldde zich gisteravond in gezelschap van de imposante mr. Van Mechelen bij de gemeentepolitie in Heemstede om heel officieel de opsporing van Ramón te verzoeken.'
De Cock fronste zijn wenkbrauwen.
'Hebben ze dat opgenomen?'
'Ze waren in Heemstede van mening dat er geen enkele reden bestond om op dat verzoek tot opsporing in te gaan. Ramón Baveling is meerderjarig en verdween vrijwillig. En er is verder geen enkele indicatie dat er een ongeluk moet worden gevreesd.'
De Cock wreef over zijn brede kin.
'Ik vraag mij af,' sprak hij zacht, 'wat mr. Van Mechelen van plan is. Ik vrees, dat hij bezig is een heel gemeen spelletje met mij te spelen... uit rancune.'
'Hoe?'
De Cock stak zijn wijsvinger omhoog.
'Als ze in Heemstede op dat verzoek waren ingegaan, dan was uiteraard ook die afscheidsbrief van Ramón ter tafel gekomen, waarin hij zegt, dat hij verdwijnt omdat hij bang is gearresteerd te worden. En dat leidt weer naar ons met al de rompslomp van een ambtelijk onderzoek, dat ons zou beletten om onze aandacht volledig op de beide moorden te concentreren. Misschien nemen ze ons

het onderzoek wel af. Bij de justitie telt een vermeende ambtelijke misstap al zwaarder dan een moord.'
Vledder kauwde op zijn onderlip.
'Het behoeft geen rancune te zijn. Als mr. Van Mechelen ons zo graag uit dit onderzoek wil drukken, kan dat ook betekenen dat hij de mogelijkheid niet uitsluit, dat Ramón toch bij de moorden is betrokken.'
De Cock keek zijn jonge collega onderzoekend aan.
'Als Ramón vanmorgen op de begrafenis was verschenen, had je hem dan gearresteerd?'
Het gezicht van Vledder verstarde. 'Beslist.' Zijn stem klonk hard. 'Al had ik hem van de rand van het graf moeten trekken.'
De oude rechercheur schudde afkeurend zijn hoofd. 'Plechtigheden rond de geboorte, het huwelijk en de dood mag je niet verstoren,' sprak hij mild. 'Ook niet met de wet in je hand.'
De telefoon op het bureau van De Cock rinkelde. Vledder nam de hoorn op en luisterde. De Cock zag dat het gezicht van zijn jonge collega verbleekte. Geschokt en met een trillende hand legde Vledder de hoorn op het toestel terug.
'De pensionhoudster,' hijgde hij.
'Wat is daarmee?'
'Ze hebben haar zojuist in haar keukentje gevonden.'
'Dood?'
Vledder slikte.
'Vermoord.'

14

De pensionhoudster lag op haar rug, ongeveer in het midden van haar schoongeschrobde witmarmeren keukenvloer. Haar gestrekte linkerarm maakte een bijna haakse hoek met haar lichaam en eindigde in een gekromde hand. Haar welgevormde benen waren iets gespreid. Haar blote voeten staken in afschuwelijke sloffen.
Met een gevoel van weemoed keek De Cock vanuit de hoogte op de dode vrouw neer. Zijn scherpe blik gleed van de sloffen langs de vaalrode peignoir omhoog naar het gezicht met de tanige huid. Hij

bekeek de lange zwarte haren, uitgewaaierd over het kille marmer, de gebroken ogen, de half open mond, de verveegde make-up. Hij nam dat alles bijna fotografisch in zich op. De oude rechercheur kon dat. Door ervaring en training had hij zich dat eigen gemaakt. Hij schoof zijn oude vilten hoedje wat naar achteren en krabde op zijn voorhoofd. Er was iets dat hem hinderde, iets paste niet in het beeld. Hij had in zijn lange loopbaan bij de Amsterdamse recherche honderden mensen gezien die gewelddadig om het leven waren gekomen. De jaren hadden hem gevoelig gemaakt voor storingen, afwijkingen in het patroon, dissonanten in het schrille akkoord van de dood.
Vledder knielde bij het hoofd van de pensionhoudster neer en onderzocht haar hals. Hij keek schuin omhoog. 'Gewurgd,' sprak hij toonloos.
De Cock knikte afwezig. Hij worstelde met een vreemd gevoel van onbehagen. Het beeld van de dode vrouw hield hem vast. De entourage intrigeerde hem.
Vledder kwam weer overeind.
'Dat gunde ik haar niet,' sprak hij somber. 'Zo'n dood had ze niet verdiend.'
De Cock grijnsde.
'De moordenaar dacht er anders over.'
Vledder veegde met een zakdoek het zweet van zijn voorhoofd. Hij had nog niet zoveel ervaring als zijn collega. De confrontatie met een gewelddadige dood verbijsterde hem nog. 'Moordenaars,' sprak hij treurig, 'zijn een vreemd soort mensen.'
'Zelden,' antwoordde De Cock loom. 'In de meeste gevallen zijn ze beangstigend alledaags.'
Vledder wees naar de dode vrouw op de marmeren vloer.
'De strangulatieplekken... vrijwel dezelfde greep als bij de beide jongens.'
De Cock zuchtte diep.
Het gezicht van Vledder werd plotseling rood. Hij zwaaide met zijn beide armen. 'Verdomme, De Cock,' riep hij, 'waarom?' Hij beet op zijn onderlip. 'Ze was niet mijn vriendin. Ik bedoel, ik kan niet zeggen dat ze de enige keer dat ik haar ontmoette, bepaald vriendelijk tegen mij was. Integendeel. Maar ze was toch een hardwerkende vrouw, die op een eerlijke manier haar brood verdiende.'

'Misschien.'
De jonge rechercheur keek hem verrast aan.
'Niet?' Hij wuifde om zich heen. Zijn jonge gezicht zag nog rood. 'Zie je haar rijkdom? Een kale kille keuken... steriel als een operatiezaal. Ik heb ook even in haar woonkamer gekeken... haar meubeltjes. Zelfs een blind paard kan er geen schade doen.'
'En?'
Vledder grinnikte.
'Waar liggen dan de kapitalen die ze door de misdaad heeft vergaard?'
De Cock plukte aan het puntje van zijn neus.
'Misdaad loont niet... niet altijd.'
Bram van Wielingen, de politiefotograaf, kwam met een lachend gezicht het keukentje binnenstappen.
'Ga je je leven beteren?'
De Cock keek hem aan. 'Beteren?'
Van Wielingen gebaarde achter zich.
'Het is dag.' In zijn stem trilde verwondering. 'De zon straalt aan de hemel. Meestal laat je mij alleen in de nacht opdraven.'
De Cock wees naar de dode.
'Ze is nog geen kwartier geleden ontdekt door een pensiongast die haar wilde vragen of er nog post voor hem was gekomen. Maar ik neem aan, dat ze gisteravond al om het leven is gebracht.'
'Gewurgd?'
'Ja.'
'Net als die twee jongens?'
De Cock knikte.
'Er zijn, zo op het oog, wat overeenkomsten.'
Van Wielingen schudde verrast zijn hoofd.
'Wat is er aan de hand met dit pensionnetje?'
De Cock schonk hem een moede glimlach.
'Als ik dat wist... misschien vielen er dan geen doden meer.'
'Waarom laat je het hele pand niet ontruimen? Timmer het dicht, dan weet je zeker dat er niets meer gebeurt.'
De Cock lachte smalend.
'Op grond waarvan?'
Van Wielingen tilde zijn aluminium koffer op het aanrecht.
'Weet ik veel.' Hij bromde. 'Dat is trouwens jouw zaak. Ik maak foto's.'

De oude rechercheur draaide zich om. In de deuropening stond dr. Den Koninghe. Achter hem schemerden zijn onafscheidelijke broeders met hun brancard.
De Cock liep op de dokter toe en drukte hem hartelijk de hand. Hij had een zwak voor de oude, exentrieke lijkschouwer. Hij vormde met hem in het wereldje van de misdaad een soort tragikomisch duo, dat acte de présence gaf bij elk gewelddadig overlijden.
Dr. Den Koninghe nam zijn garibaldi af en wees naar de dode op de vloer.
'Het is druk vandaag,' lispelde hij hoofdschuddend. 'Het komt zeker door het weer... een beetje broeierig.' Hij keek naar De Cock. 'Het is wetenschappelijk vastgesteld... sommige mensen zijn daar gevoelig voor. In Zwitserland bijvoorbeeld, komen tijdens de föhn veel moorden, zelfmoorden en ongevallen met dodelijke afloop voor... gevolg van de zogenaamde föhnziekte.'
De Cock glimlachte beleefd. Hij hield zijn vakanties altijd in eigen land, was nooit in Zwitserland geweest en wist niet wat föhn was.
'Ik denk,' sprak hij weifelend, 'dat het gisteravond is gebeurd. Ze is stijf en voelt koud aan.'
Dr. Den Koninghe knielde bij de dode vrouw neer, voelde met de rug van zijn hand aan haar wang en bekeek de strangulatieplekken aan de hals. Op handen en voeten kroop hij naar achteren, deed een van die afschuwelijke sloffen uit en betastte een voet. Zijn oude knieën kraakten toen hij overeind kwam.
'Je hebt gelijk, De Cock,' sprak hij nahijgend. 'Er is een algemene lijkstijfheid.' Hij schudde zijn hoofd. 'Op de lichaamstemperatuur zou ik niet afgaan. Die koude marmeren vloer trekt snel alle warmte weg.' Hij tuitte zijn lippen. 'Ik schat zo acht tot tien uur... veel verder zou ik niet teruggaan.'
De Cock keek de lijkschouwer geschrokken aan.
'Dat was vanmorgen in alle vroegte.'
Dr. Den Koninghe griste aan een ketting een knol van een zilveren horloge uit een zakje van zijn parelgrijze vest en keek. 'Inderdaad,' kraakte hij, 'in alle vroegte.' Hij zette zijn horloge in het vestzakje terug. 'Krachtige handen... van iemand die een stevige greep heeft ontwikkeld. Je zou bijvoorbeeld kunnen denken aan iemand die tennis speelt.' Hij frunnikte wat verstrooid aan het montuur van zijn bril. 'Het komt mij bekend voor... heb ik dat al eens gezegd?'
De Cock knikte bedaard.

'Bij de dood van die jongen... hierboven. En later bij die jongen tussen de auto's op de gracht.'
De lijkschouwer fronste zijn wenkbrauwen. Even maar. Toen zette hij zijn garibaldi weer op zijn hoofd, zwaaide ten afscheid en liep de keuken uit. Bij de deur aarzelde hij, draaide zich om en wees met een gestrekte arm naar het slachtoffer op de marmeren vloer.
'Ze is dood.'
Het klonk cynisch.
Bram van Wielingen hurkte met zijn Hasselblad bij de pensionhoudster en flitste in het dode gelaat. Toen het licht voor de derde keer opflitste, kwam Frans Kreuger puffend de keuken binnen. Zijn gezicht stond somber.
De Cock keek hem onderzoekend aan.
'Ruzie gehad?'
Kreuger klapte zijn koffertje naast dat van Van Wielingen op het granieten aanrecht.
'Ik ben vandaag al bij vier inbraken, een roofoverval en een gecamoufleerde zelfmoord geweest. De dag is nog lang, maar ik ben het nu al zat.'
De Cock glimlachte en gebaarde om zich heen. 'Volgens Vledder is dit een steriele keuken. Je zult er niets vinden.'
Vledder kwam naast hem staan.
'Ik zag je schrikken, toen dr. Den Koninghe zei, dat ze pas acht tot tien uur dood was. Vond je het zo vreemd, dat ze niet gisteravond, maar vanmorgen vroeg werd vermoord?'
De Cock knikte traag. Hij wees naar de verveegde make-up rond de mond van de tanige pensionhoudster.
'Ik heb Mien van Leeuwen een paar maal ontmoet... op verschillende tijdstippen van de dag. Volgens mij was ze geen vrouw die zich zo vroeg al opmaakte. Meestal had ze helemaal geen make-up.'
Vledder trok achteloos zijn schouders op.
'Misschien verwachtte ze bezoek en wilde ze zich extra mooi maken.'
De Cock keek zijn jonge collega bewonderend aan.
'Soms, Dick, zeg je verstandige dingen.'

De Cock had moeie voeten.
Met een scheef verwrongen gezicht legde hij zijn beide benen

voorzichtig op het blad van zijn bureau. Een helse pijn trok van zijn beide grote tenen via de wreef van zijn voeten omhoog. Het was alsof duizenden dekselse duiveltjes met evenzovele naalden in de ballen van zijn kuiten prikten.
Het stemde hem somber. Hij wist wat die pijn betekende. Telkens als hij het niet meer wist, als hij het gevoel had steeds verder van de oplossing weg te drijven, dansten de duiveltjes en speelden hun satanisch spel met zijn overigens trouwe onderdanen.
Hij schudde zuchtend zijn hoofd. Het ging niet goed. De dood van de tanige pensionhoudster had hem volkomen verrast. De moord op Mien van Leeuwen paste niet in het patroon, in het beeld dat hij zich omtrent de moord op Jean-Paul Stappert en Erik Baveling had gevormd.
De wijze waarop de vrouw om het leven was gebracht, toonde overeenkomsten met de dood van de beide jongens. Maar als ze daarbij betrokken was... hoe? Waarom wenste de moordenaar ook haar dood... vijf dagen later? Ging haar relatie tot de beide jongens verder dan die van... pensionhoudster? Waaruit zou zo'n verdergaande relatie dan kunnen bestaan?
Hoe hij ook peinsde, hij kon het antwoord op die vragen niet vinden. En de duiveltjes dansten lustig verder. Hij boog zich voorover, schoof zijn broekspijpen tot op zijn knieën en wreef met beide handen krachtig over zijn kuiten. Het bracht een kleine verlichting.
Vledder keek bezorgd op hem neer.
'Moeie voeten?' vroeg hij angstig.
De Cock knikte instemmend.
'Ik ben er weleens mee naar mijn dokter geweest,' sprak hij traag. 'Volgens hem is het psychisch. Hij zegt dat er helemaal geen duiveltjes met naalden bestaan. Volgens Jan Veldstra is het verbeelding.'
Vledder keek hem niet begrijpend aan.
'Wie is Jan Veldstra?'
'Mijn huisarts... volgens hem is alles verbeelding.'
Vledder trok een bedenkelijk gezicht.
'En wat zegt hij als iemand is gestorven?'
De Cock gniffelde. 'De patiënt verbeeldt zich dat hij dood is.'
Ineens brak bij hem een blijde lach door. Het was een reactie op zijn eigen dwaze grap. Het leek alsof plotseling alle pijn uit zijn

voeten en kuiten wegtrok. Opmerkelijk kwiek tilde hij zijn benen van zijn bureau en begon door de recherchekamer te stappen. Hij wist dat bij de cadans van zijn tred zijn gedachten zich gemakkelijker lieten ordenen.
Het was zaak, besefte hij, om alles eens duidelijk op een rijtje te zetten. Welke rol speelden bijvoorbeeld de muziekpedagoog Alex Waardenburg en zijn muzikale zoon Kiliaan? Waren zij betrokken bij de moord op de beide jongens of hadden ze er totaal niets mee te maken? Waarom verdween Ramón? Waarom deed vader Baveling, gesteund door advocaat Van Mechelen, alles om hem uit het onderzoek naar de moorden te drukken? Was het angst... angst voor de schuld van zijn zoon?
Welk aandeel hadden Jaap van Santen en Jan Rouweler? Handelden zij op eigen initiatief of werden zij gebruikt... misbruikt door de onmiskenbaar louche impresario Willy Haareveld?
Waren zij de enige spelers in dit sinistere spel van de dood? Of waren er nog anderen... anderen die hij niet kende. Het onpeilbare risico waarmee iedere rechercheur rekening diende te houden?
En bovenal... wat was het motief? Waarom moesten die twee jongens voor eeuwig zwijgen en werd hun tanige pensionhoudster vermoord?
Hij beende nog een tijdje onverstoord door. Waren dat de enige vragen? En als hij de antwoorden had... kende hij dan ook de oplossing? Vormden de pensionhoudster met de beide jongens een soort trio... een drieëenheid en werden ze daarom vermoord... of had elke moord op zich een motief?
Hij keek wat verstrooid naar adjudant Sietze de Jong, die de recherchekamer binnenstapte en Vledder een telexbericht in zijn handen duwde. Nieuwsgierig stapte De Cock naderbij.
'Wat bijzonders?'
Vledder keek van het formulier op.
'Jaap van Santen is gearresteerd.'
'Waar?'
Vledder slikte.
'In Antwerpen... met drie kilo heroïne.'

15

Vledder schoof zijn schrijfmachine opzij. 'Zal ik naar Antwerpen gaan?'
'Om wat te doen?'
Vledder zwaaide enthousiast.
'Jaap van Santen verhoren. Ik zou samen kunnen gaan met iemand van de narcotica-brigade.'
De Cock trok een bedenkelijk gezicht.
'Als de Officier van Justitie toestemming wil geven. Wat hebben we tegen Jaap van Santen... vernieling van wat beddegoed. En of dat in de ogen van mr. Schaaps een reis naar Antwerpen rechtvaardigt?'
Vledder leunde iets naar voren.
'Ik heb bij de narcotica-brigade geïnformeerd. Volgens de chef Evert Jagerman hadden ze Jaap van Santen al maanden in de peiling. Een groot gedeelte van de heroïne en cocaïne die in het Gooi en omgeving wordt geconsumeerd, schijnt door hem ons land te worden binnengesmokkeld.'
'Hoe kwam de arrestatie tot stand?'
Vledder glimlachte. 'Ze hadden op het hoofdbureau van politie een tip ontvangen, dat Jaap van Santen per auto naar Antwerpen was vertrokken om daar aan boord van een schip een partij heroïne in ontvangst te nemen. De auto werd omschreven, compleet met kenteken, kleur, merk en bouwjaar. Het bleek een in Utrecht gestolen wagen. Evert Jagerman seinde de politie in Antwerpen in. Toen Jaap van Santen in de haven van boord stapte, stonden er een paar rechercheurs bij de loopplank.'
De Cock grijnsde.
'Zo gaat dat.' Hij keek op. 'Wist Evert Jagerman iets van onze interesse?'
'Hij wist uiteraard dat wij een paar moorden op ons nek hadden en dat wij de opsporing van de verblijfplaats van Jaap van Santen en Jan Rouweler hadden verzocht. Daarom stuurde hij ons een telex van die arrestatie in Antwerpen.'
De Cock knikte begrijpend.
'Kende Evert Jagerman een relatie tussen Jaap van Santen en Erik Baveling... mogelijk in combinatie met Jean-Paul Stappert?'

Vledder schudde zijn hoofd.
'Ik heb de namen van die twee jongens wel genoemd. De heer Jagerman kende ze alleen als gebruikers. Meer niet. De pensionhoudster Mien van Leeuwen was hem totaal onbekend. Haar naam was met betrekking tot handel of gebruik van narcotica nooit gevallen.'
De Cock plukte aan zijn onderlip.
'Wie zorgde voor de distributie?'
Vledder keek hem wat lodderig aan. 'Welke distributie?'
'De distributie... de verkoop en verspreiding van de heroïne en cocaïne die door Jaap van Santen ons land werden binnengebracht?'
'Dat heb ik de heer Jagerman niet gevraagd.'
De Cock grinnikte.
'Dat zou ik maar doen. En ik denk, dat ik het antwoord al ken.'
Vledder keek hem een tijdje peinzend aan.
Plotseling verhelderde zijn blik. 'Willy... Willy Haareveld... de impresario... een man die in het Gooi woont en relaties heeft met managers, producers en artiesten.' Er klonk jubel in zijn stem. 'Natuurlijk... het is duidelijk als wat.'
De Cock lachte om het enthousiasme.
'En wat denk je van de tipgever?'
Vledders heldere blik versomberde.
'De... eh, de man, die de narcotica-brigade tipte?'
'Precies.'
De jonge rechercheur weifelde.
'Willy Haareveld?' opperde hij onzeker.
De Cock knikte.
'Het zou mij niets verbazen. De tipgever van Evert Jagerman bleek uitermate goed geïnformeerd. Denk maar eens aan de juiste plaats van aflevering in Antwerpen en de nauwkeurige omschrijving van de auto, compleet met kenteken. Er zullen in de omgeving van Jaap van Santen maar weinig mensen zijn die zo volledig op de hoogte waren.'
Vledder schudde vertwijfeld zijn hoofd.
'Maar waarom... waarom zou Willy Haareveld zijn eigen aanvoerlijnen vernietigen?'
De Cock zwaaide afwerend. 'Het gaat niet om het vernietigen van aanvoerlijnen... die zijn wel weer op te bouwen... het gaat om het

vernietigen van Jaap van Santen.' Hij zweeg even en ademde diep. 'Ik denk dat na onze onfortuinlijke inval in de woning van Jaap van Santen in Utrecht, onze vriend Jan Rouweler, die jou zo onaardig over de glazen tafel zwiepte, onmiddellijk contact heeft gezocht met Willy Haareveld. De impresario zal daaruit zijn conclusies hebben getrokken. De intense belangstelling die wij voor Jaap van Santen aan den dag legden, zal hem geen prettig gevoel hebben bezorgd.'
Vledder keek hem wat ongelovig aan.
'Je bedoelt, dat hij daarom besloot om zich van Jaap van Santen te ontdoen?'
De Cock knikte.
'Je moet bedenken, dat Willy Haareveld niet weet tot hoever ons onderzoek reikt... of wij zijn activiteiten in de handel van drugs kennen. Jaap van Santen zou een vervelende getuige kunnen zijn.' Hij grijnsde. 'En wat was mooier dan hem in Antwerpen te laten arresteren met drie kilo heroïne op zak.'
Vledder slikte. 'Jaap van Santen kan toch altijd nog praten?'
De Cock glimlachte.
'Vanuit een Belgische cel wordt dat toch een stuk moeilijker.' Hij wreef over zijn kin. 'Het is speculatief. Misschien heeft Willy Haareveld niet eens zo ver doorgedacht... misschien vond hij het, gezien de duidelijke belangstelling die wij toonden, beter dat Jaap van Santen, zijn hulp en koerier, een poosje uit zijn omgeving verdween.' Hij schoof zijn dikke onderlip wat naar voren en kneep zijn ogen half dicht. 'Denk je eens in wat er was gebeurd als Evert Jagerman een andere tactiek had gevolgd.'
'Wat voor tactiek?'
De Cock gniffelde.
'Als hij Jaap van Santen niet in Antwerpen had laten arresteren, maar hem van daaruit met zijn drie kilo heroïne had gevolgd om te zien waar en aan wie hij het spul uiteindelijk afleverde?'
Vledder hijgde.
'Dan... eh, dan was Willy Haareveld zwaar in moeilijkheden gekomen.'
De Cock wees in zijn richting.
'Begrijp je? Daarom was die tip zo volledig. De narcotica-brigade moest er wel instappen. Het lokaas was te verleidelijk.'
Vledder liet zijn hoofd wat zakken en wreef achter in zijn nek. De

theorieën van De Cock overrompelden hem. Eerst na enige tijd keek hij op. 'Zou Mien van Leeuwen toch gelijk hebben gehad? Zouden Jaap van Santen en Jan Rouweler in het pension, in de kamer van Erik Baveling, toch naar heroïne hebben gezocht? En zouden de moorden op de beide jongens toch verband houden met handel in narcotica?'
De Cock antwoordde niet direct. Het was alsof er een zekere loomheid over hem viel.
'En waarom werd Mien van Leeuwen dan vermoord?' vroeg hij mat.
'Omdat ze van die handel wist. Begrijp je? Om praktisch dezelfde reden als waarom Willy Haareveld de Amsterdamse narcotica-brigade tipte en Jaap van Santen in Antwerpen liet arresteren.'
'En wie zou die moord dan hebben gepleegd?'
Vledder trok zijn lippen in een harde lijn.
'Jan Rouweler.'

Op de hoek van de Achterburgwal en de Barndesteeg hield De Cock de bruine, met leer afgezette gordijnen opzij en stapte het café binnen. Het was schemerig donker in het intieme lokaaltje, dat Smalle Lowietje deftig zijn etablissement noemde.
Aan een smal tafeltje bij het raam zaten twee oude bedaagde vrouwtjes uit de business achter een zoet likeurtje. Ze keken op en wuifden ter begroeting. Aan de bar zat niemand.
De Cock slenterde naar de laatste kruk bij de muur en hees zijn negentig kilo omhoog.
Smalle Lowietje veegde zijn handjes aan zijn morsige vest en liep op hem toe. Zijn vriendelijk muizensmoeltje glom van genegenheid. 'Ik heb je hier nog nooit zo vroeg gezien,' babbelde hij vrolijk. 'Hebben ze op de Kit niets meer voor je te doen?' Hij dook onder de tapkast en kwam omhoog met een fles fijne Franse cognac Napoleon. 'Moet je er nu al één?'
De Cock knikte.
'Laten we het maar doen. Misschien raak ik dat katterige gevoel kwijt.'
Smalle Lowietje keek hem bezorgd aan.
'Ben je er nog niet uit?'
De Cock schudde zijn hoofd. Op zijn gezicht lag een droeve trek.
'Het klinkt misschien gek... maar ik ben feitelijk nog net zo ver als in het begin.'

De caféhouder frunnikte nerveus aan zijn vest.
'Ze hebben Mien ook gemold... heb ik gehoord.'
De Cock zuchtte diep.
'Ik heb eerst gedacht dat ik er nog wel uit zou komen, maar die moord op Mien van Leeuwen maakt de puzzel compleet. Ik zie het verband niet meer.'
Smalle Lowietje schonk voorzichtig in.
'Waar is je maatje?'
De Cock glimlachte. 'Mijn maatje... zoals jij dat noemt... heb ik vanmorgen op de trein naar Antwerpen gezet. Ze hebben daar een knapie gearresteerd, in wie ik wel belangstelling heb.'
'Ken ik hem?'
De Cock lachte hartelijk.
'Ben je nieuwsgierig?'
De tengere caféhouder trok een verongelijkt gezicht.
'Misschien kan ik je helpen? Je weet het nooit. Ik heb nogal wat relaties.'
'Jaap van Santen.'
Smalle Lowietje wipte zijn neus iets op.
'Ik ken hem. Magere Jack... een heel vies ventje. Voor alles in.'
'Ook voor moord?'
De tengere caféhouder knikte heftig.
'Hij doet tegenwoordig veel samen met ene Utrechtse Jantje en dat is ook al geen beste.'
De Cock nam een slok van zijn cognac.
'Ben je goed in muziek?'
Smalle Lowietje keek hem verwonderd aan.
'Muziek... hoezo?'
De Cock zette zijn glas neer en boog zich vertrouwelijk naar voren.
'Jij vertelde mij de vorige keer, dat Jean-Paul Stappert... Mister Melody voor jou... liedjes speelde op met water gevulde glazen.'
'Ja?'
'Ik kreeg het idee, dat hij dat maar één keer heeft gedaan.'
Smalle Lowietje schudde zijn hoofd. 'Het werd een spelletje. Ik liet de glazen op het laatst ook gestemd staan. Goed voor de klandizie.'
De Cock keek hem schuins aan. 'Dat begrijp ik niet.'
De smalle trok zijn muizensmoeltje tot een grijns. 'Als het 's avonds gezellig druk was, dan vroeg ik aan dat joch of hij voor mij

dat kunstje met de glazen wilde doen en dan had hij veel bekijks.'
'En telkens speelde hij wat anders?'
De caféhouder knikte instemmend.
'Hij had een heel repertoire.'
'Ken je daar nog melodieën van?'
Lowietje plooide denkrimpels op zijn voorhoofd. 'Niet uit mijn hoofd, maar als ik ze hoor...' Hij maakte zijn zin niet af. 'Ik ken wel een stel mensen die altijd heel enthousiast naar Mister Melody kwamen luisteren.'
De Cock staarde enige tijd peinzend voor zich uit.
'Zet ze eens voor me op een lijstje.'
'Wie?'
'De mensen die naar Mister Melody kwamen luisteren.'
Smalle Lowietje keek hem achterdochtig aan.
'Wat moet je daarmee? Ik lever mijn klandizie niet graag aan de prinsemarij uit.'
De Cock maakte een hulpeloos gebaartje. 'Dat weet ik nog niet, Lowie... echt niet. Maar ik beloof je, als ik er eventueel gebruik van maak, dan kom ik het je eerst zeggen.'
De tengere caféhouder weifelde even.
'Oké,' zei hij na een poosje. Hij wees naar het lege glas van De Cock. 'Zal ik nog eens inschenken?'
De Cock knikte.
'Het doet me goed. Ik begin dat katterige gevoel al wat kwijt te raken.' Hij zweeg even. 'Hoelang zit Willy Haareveld al in de heroïne?'
Smalle Lowietje keek scheef omhoog.
'Zit hij daarin?'
De Cock lachte hartelijk. 'Dat weet je niet?'
Lowietje stak zijn beide handjes afwerend omhoog. 'Hoor eens, De Cock,' sprak hij ernstig, 'ik wil best een graantje meepikken en als er hier een gozertje komt die een aardig handeltje voor mij weet, dan stop ik mijn oren niet dicht. Maar met heroïne, cocaine... die gore troep... daar wil ik niets mee te maken hebben.'
De Cock knikte hem vriendelijk begrijpend toe.
'Ik zou ook geen poot meer in je etablissement zetten.'
Smalle Lowietje liep even bij hem weg en spoelde een paar glazen om. Daarna kwam hij terug.
'Weet je wie hier van de week nog even was?'

'Nou?'
'Handige Henkie.'
De Cock fronste zijn wenkbrauwen.
'Zei hij nog wat?'
Lowietje knikte traag.
'Hij zei... eh, hij zei, dat het hem speet.'
De Cock keek de tengere caféhouder een paar seconden onderzoekend aan. Toen dronk hij zijn glas leeg en liet zich van zijn kruk glijden. Met een glimlach om zijn lippen liep hij het café uit.

16

Het oude politiekevertje raasde na een reeks verkeerslichten bij Diemen de snelweg op en hobbelde een paar kilometer verder onder het blauwe bord richting Amersfoort door. Achterin kreunde de motor onder de martelingen van een verkeerd bespeeld gaspedaal.
De Cock zat aan het stuur. Onwennig. Bij onstentenis van Vledder had hij geen andere keus. Hij hield niet van autorijden. Hij had geen enkel gevoel voor motoren en bij het zoeken naar de juiste versnelling tastte hij voortdurend mis. Het mechanisch-motorisch voortstuwen van een vehikel was voor hem een mysterie, waaraan hij nog nooit een minuut had besteed om het te doorgronden. Zijn interesse voor mobiliteit was bij de diligence en de trekschuit blijven steken. Een paard voor een wagen of een schuit. Dat was te doorgronden en paste bij zijn hang naar een gezapig bestaan. De Cock was in een verkeerde eeuw geboren.
Hij blikte opzij.
'Waarom ben je van gedachten veranderd?'
Handige Henkie keek naar hem op.
'Niet om jou.'
Het klonk bits.
'Niet? Ik dacht op grond van onze oude relaties.'
De ex-inbreker drukte zich wat omhoog. 'Jij bent de rechercheur die mij jaren geleden ertoe heeft gebracht om niet meer op pad te

gaan... om mijn inbraakspulletjes in het vet te zetten. Sindsdien ben ik niet meer burgerlijk ongehoorzaam, zoals dat tegenwoordig heet. Dat ben jij wel... als jij mij vraagt om te helpen inbreken.'
De Cock maakte een hulpeloos gebaartje.
'Ik doe het niet voor het gewin. Ik word er geen stuiver wijzer van. Ik doe het voor de gerechtigheid.'
Handige Henkie wond zich wat op. 'Jouw gerechtigheid is de mijne niet. Ik bedoel, het is jouw job. Jij wordt er voor betaald om terwille van wat jij gerechtigheid noemt, bepaalde risico's te nemen. Ik niet.'
De Cock grinnikte. 'Nu weet ik nog niet waarom je van gedachten bent veranderd.'
'Om Mien.'
De Cock keek hem verrast aan.
'Mien van Leeuwen?'
Handige Henkie knikte. 'Toen ik in de krant las dat ze in dat pensionnetje ook haar hadden omgebracht, ben ik naar Smalle Lowietje gestapt om eens te horen hoe het zat. Lowie weet altijd alles. Toen ik van hem begreep, dat het ging om dezelfde zaak als waarmee jij bezig was, besloot ik je toch te helpen.'
'Omwille van Mien.'
Handige Henkie liet zijn hoofd wat zakken.
'Ik ken haar al een eeuwigheid. Toen ik nog bijna dagelijks op pad ging, heeft ze me vaak geholpen. Ze was nooit te beroerd om gejatte spullen voor mij te bewaren of om mij in haar pensionnetje een tijdje op te nemen, als jij mij wat te dicht op mijn hielen zat.'
'Dat heb je mij nooit verteld.'
De ex-inbreker schudde zijn hoofd.
'Waarom? Het was een zaak tussen Mien en mij. Begrijp me goed, ik heb nooit iets met haar gehad... een verhouding of zo. Ze had haar eigen Jan. Maar het was een schat van een vrouw... met een hart op de juiste plaats... een moordwijf.' Hij zuchtte diep. Er kwam een harde trek om zijn mond. 'De schoft die haar strot dichtkneep, mag van mij aan het gas.' Even zweeg hij. 'Nou ja... aan het gas. Ik kan gewoon de gedachte niet verdragen dat hij vrij rondloopt.'
De Cock glimlachte.
'Dus toch mijn gerechtigheid.'
Handige Henkie keek naar de oude rechercheur op. In zijn ogen

lag een peinzende blik. Hij zei: 'Barst'. Het klonk niet eens onvriendelijk.
Ze reden over de stille brink. Laren sliep. Ook de politiepost leek in diepe rust. Na een halve kilometer bereikten ze de Zevenenderdrift, een fraaie laan met aan beide zijden een grasstrook onder oude bomen. In de aangrenzende tuinen domineerde een weelde aan paarse rododendrons.
Handige Henkie keek om zich heen. 'Is het hier?'
De Cock knikte.
'Een paar huizen verderop rechts.'
Ze stapten uit. Bijna wierp De Cock het portier in het slot, terwijl de autosleutels nog in het contact staken. Hij bedacht zich bijtijds.
Zwijgend liepen ze over het gras.
Bij een oprijlaan met twee antieke straatlantaarns bleven ze staan.
Handige Henkie duimde naar de villa.
'Is er iemand thuis?'
De Cock schudde zijn hoofd. 'De man die hier woont, heet Willy Haareveld. Hij is impresario. Een orkest dat bij hem onder contract staat, heeft vanavond in Arnhem zijn laatste concert gegeven. Na afloop is er een feestje. Ik verwacht hem niet voor twee uur vannacht.'
Handige Henkie keek op zijn horloge.
'Dan hebben we maar drie kwartier.'
De Cock grinnikte. 'Voor jou genoeg.'
Hun voetstappen knarsten in het grind van de oprijlaan.
'Wat zoek je?'
De Cock trok zijn schouders op.
'Dat weet ik niet... niet precies. Ik zoek naar aanwijzingen... een motief voor de moord op die twee jongens.'
'En Mien?'
'Dat komt dan vanzelf.'
Ze liepen speurend om de villa heen. Aan de achterzijde wees de ex-inbreker naar een raam met een bovenlicht.
'Een fluitje van een cent. Ik ben hier zo binnen. Loop jij maar naar de voordeur, dan maak ik die netjes voor je open.'
De Cock slenterde op zijn gemak weg en snoof. De avondlucht was zwoel en de tuin rondom geurde. Hij voelde zich niet nerveus of gespannen. Integendeel. Een zekere gelatenheid overviel hem en met een grijns op zijn gezicht bedacht hij, dat wanneer het lot niet

anders had beschikt, hij samen met Henkie best een geslaagd duo in de misdaad had kunnen vormen. Het idee amuseerde hem kostelijk.
Toen hij met trage tred bij de voordeur kwam, stond de ex-inbreker al in de deuropening en wenkte uitnodigend. 'Ik geloof niet dat je mij nodig hebt. Ik heb nog geen brandkast gezien.'
'Misschien is er ergens een muurkluisje achter een of ander schilderij.'
Handige Henkie wees achter zich.
'Schilderijen... die vent heeft alleen maar kale muren. In wit en paars. Alles is wit en paars. Zelfs het hemelbed in zijn slaapkamer.'
'Was je daar al?'
'Daar kwam ik binnen.'
De Cock liet zijn zaklantaarn door de hal schijnen.
'Hij zal toch wel een werkkamer hebben?'
De ex-inbreker krabde zich achter in zijn nek.
'Dat moet dan aan de voorkant zijn. De woonkamer en de slaapkamer grenzen aan de achtertuin.'
De Cock keek hem onderzoekend aan.
'Heb je braaksporen gemaakt?' vroeg hij bezorgd.
Handige Henkie schudde zijn hoofd.
'Als we er straks via de voordeur uitgaan en we doen die met jouw apparaatje weer keurig op slot, dan ziet niemand dat wij hier binnen zijn geweest.'
'Heb je je voeten geveegd?'
Handige Henkie trok een verongelijkt gezicht. 'Hoe denk je dat ik aan mijn bijnaam ben gekomen?' Hij deed een deur rechts van de hal open en scheen met zijn zaklantaarn naar binnen. Tegen een lichtpaarse wand stond een wit gelakt bureau. De ex-inbreker grijnsde. 'Zie je... paars en wit.'
De Cock liep naar binnen. Er was geen brandkast. Hij voelde aan de laden van het bureau. Ze waren niet afgesloten. Hij trok de bovenste lade rechts open en snuffelde in de papieren. Ineens vond hij een map met het opschrift 'Jean-Paul Stappert'. Hij nam hem uit de lade en legde hem op het bureaublad. Zijn vingers trilden toen hij de map opensloeg.
Handige Henkie keek over zijn schouder mee.
'Heb je wat?'

De Cock ademde zwaar.
'Ruitjespapier.'

'Hoe was het bij Manneke Pis?'
Vledder schudde zijn hoofd.
'Het wordt tijd,' sprak hij treurig, 'dat je onze zuiderburen wat beter leert kennen. Manneke Pis staat in Brussel en ik was in Antwerpen.'
De Cock spreidde verontschuldigend zijn beide handen.
'Ik dacht, dat je even was doorgereisd om het beroemde Manneke te zien?'
Vledder snoof.
'Ik had van de Officier van Justitie met veel pijn en moeite een reisorder gekregen naar Antwerpen. Verder niet. Bovendien moest ik nog dezelfde dag terug. Zo scheutig zijn ze niet bij Justitie.'
De Cock lachte. Hij wist dat Nederlandse rechercheurs op tournee, wilden zij niet van honger en dorst verkommeren, vaak in eigen beurs moesten tasten of op de liefdadigheid van hun buitenlandse collega's waren aangewezen.
'Hoe was het met Jaap van Santen?'
'Niet zo best. Hij telde zichzelf wel in voor een paar Jannen*. Die Belgen zijn niet zo zoetsappig. Bij ons wordt elk crimineel zieltje met liefde en zorg omringd. De Belgen denken daar anders over.'
'Zei hij verder nog wat?'
Vledder trok zijn gezicht in een grijns.
'Aanvankelijk deed hij helemaal zijn mond niet open. Steven Visser, die voor onze narcotica-brigade naar Antwerpen was gereisd, heeft van alles geprobeerd om hem aan het praten te krijgen. Hij hoopte dat Jaap van Santen het klosje was waarmee hij een belangrijke heroïne-lijn kon oprollen.'
'Hij was het klosje niet?'
Vledder grijnsde.
'Hij liet zich in ieder geval niet als zodanig gebruiken. Zelfs toen Steven Visser zich liet ontvallen, dat die lijn weleens in het Gooise Laren kon eindigen, hulde Jaap van Santen zich in een diep stilzwijgen.'

*Jaren gevangenisstraf.

'Had je het idee dat Jaap van Santen begreep wat Steven Visser bedoelde?'
Vledder knikte. 'Jazeker. Hij lachte zo'n beetje met een scheve mond, maar weigerde om verder op het onderwerp Laren in te gaan. Ook over zijn contact-persoon aan boord van het schip, waarmee de drie kilo heroïne was aangevoerd, wilde hij niets zeggen. Toen Steven Visser bleef aandringen, raakte hij zelfs geïrriteerd en riep kwaad: Man, zeur toch niet. Wees blij dat er heroïne is. Zolang de papaver bloeit, heb jij te eten.'
De Cock grinnikte.
'Werd Steef kwaad?'
Vledder schudde zijn hoofd.
'Daar is hij, volgens mij, de man niet naar. Toen hij begreep dat Jaap van Santen over zijn heroïne-contacten toch niets zou loslaten, maakte hij een eind aan het verhoor. Bij het afscheid drukte Steef Jaap van Santen hartelijk de hand, boog vormelijk en bedankte hem als zijn ''broodheer''.'
De Cock gniffelde. Hij kende zijn laconieke collega heel goed. Voor dat Steven Visser naar de Narcotica-brigade werd overgeplaatst, had hij aan het bureau Warmoesstraat jaren met hem samengewerkt.
'Ben jij nog iets wijzer geworden?'
Vledder krabde zich even achter in zijn nek.
'Ik onderging aanvankelijk hetzelfde lot als Steven Visser. Jaap van Santen wilde tegen mij ook niets zeggen. Jan Rouweler kende hij wel... een jongen die hij soms in Utrecht ontmoette... op Hoog Catharijne. Verder had hij geen bemoeiingen. Zeker, hij had hem zijn woning ter beschikking gesteld, maar dat was alleen om die jongen de gelegenheid te geven om wat te friemelen met een vrouwtje, dat de oude moeder van Jan onder geen beding in haar huis duldde.'
'Hoe humaan.'
Vledder negeerde de opmerking. 'Ik kreeg duidelijk wat meer vat op hem toen ik hem vertelde, dat wij zijn vingerafdrukken en die van Jan in de pensionkamer van de vermoorde Erik Baveling hadden gevonden. Hij zal toen hebben begrepen dat hij onmogelijk kon ontkennen dat ze daar samen waren geweest. Uiteraard vroeg ik waarnaar ze zo driftig hadden gezocht.'
'En?'

Vledder antwoordde niet direct. Het leek alsof hij dat moment van het verhoor weer in zijn gedachten terugbracht. 'Jaap van Santen,' ging hij weifelend verder, 'vroeg wat bedenktijd. Hij legde zijn armen voor zich op tafel en liet zijn hoofd daarop rusten. Eerst na een minuut of wat keek hij op. ''Ik kan je onmogelijk zeggen,'' zei hij, ''waarnaar we zochten. Dat heb ik beloofd.'''
'Aan wie?'
Vledder glimlachte vermoeid.
'Daar wilde hij geen antwoord op geven. Ik heb hem toen gevraagd of hij uit eigen initiatief in de kamer van Erik Baveling had gezocht... of in opdracht van iemand.'
'Was het in opdracht?'
Vledder knikte traag.
'Toen hij bleef weigeren mij zijn opdrachtgever te noemen, dacht ik plotseling aan jouw suggestie, dat hij mogelijk het slachtoffer was geworden van het verraad van Willy Haareveld, die de narcotica-brigade tipte, zodat Jaap van Santen kon worden gearresteerd.'
'Die suggestie speelde je door?'
'Ja.'
'En?'
'Jaap van Santen was zichtbaar aangeslagen. Hij dacht even na en deed toen een voorstel.'
'Wat voor een voorstel?'
Vledder plukte aan zijn neus en stak zijn wijsvinger op.
'Als wij in gunstige zin iets aan zijn strafmaat wilden doen of ervoor konden zorgen dat hij niet in België, maar in Nederland werd berecht, dan...'
'Wat dan?' onderbrak De Cock.
Vledder grijnsde.
'Dan leverde hij ons de moordenaar van Jean-Paul Stappert en Erik Baveling.'

17

De Cock voelde zich onrustig. Hij had de eerste pagina's van het uitgebreide rapport, dat hij in verband met de toenemende criminaliteit voor de Officier van Justitie diende te maken, weer uit de lade van zijn bureau gehaald, maar het lukte hem niet zich daarop volledig te concentreren. Zijn gedachten dwaalden steeds weer naar de zaak die nu al meer dan een maand zijn geest beheerste. Nu de tijd verstreek, had hij het verlammende gevoel dat hij de 'pensionmoorden', zoals de kranten ze noemden, nooit tot een oplossing zou brengen. Hij kon er geen lijn in ontdekken. Het was alles nog zo vaag. Zeker, hij had het idee dat hij het motief kende, maar wist nog niet bij benadering in welke richting hij de moordenaar moest zoeken.

Wat hem ook sterk bezighield, was de vraag hoe hij hem kon ontmaskeren, hoe hij wettig en overtuigend bewijs van zijn schuld kon leveren.

Met een moe gebaar schoof hij de schrijfmachine van zich af, stond van de stoel achter zijn bureau op en begon door de grote rechercheкamer te stappen in zijn typische trage slenterpas.

Hij moest terug, besefte hij, terug naar die bewuste avond ruim een maand geleden, toen vreemde storingen van buitenaf het mechanisme van zijn denken in een bepaalde richting wilden stuwen. Het waren exact die momenten, zo was zijn overtuiging, die bepalend waren voor het gedrag van de moordenaar.

Voor het raam in de recherchekamer bleef hij staan, wippend op de ballen van zijn voeten. Schuin beneden hem, in de smalle Heintje Hoeksteeg, duwde Mosie aan zijn haringkar. Het beeld was hem vertrouwd. Hoe vaak, bedacht hij, had hij hier gestaan. Steeds had de misdaad hem voor schier onoplosbare problemen gesteld. Met veel vakmanschap en een snuifje lief geluk had hij alle mysteries weten te ontrafelen.

En nu?

Hoe maakte hij het anderen duidelijk, dat hij juist die avond bijzonder gevoelig was geweest voor storingen en impulsen... dat hij persoonlijk waarde hechtte aan de overdracht via ongekende communicatiewegen. Een van beiden... of Jean-Paul Stappert of Erik Baveling... had zijn dood voorvoeld en angstsignalen uitgezonden. Die signalen hadden hem bereikt. Onbetwist. Maar hij realiseerde zich overduidelijk, dat geen rechter, geen Officier van Justitie er enige waarde aan zou hechten en dat op een terechtzitting een advocaat ze honend zou wegwuiven. Hij trok zijn mond strak en duwde zijn kin iets omhoog. Alleen als hij als oude rot in

het vak met zijn beide benen stevig op het Amsterdamse asfalt bleef staan, maakte hij een kans... een kans, zo geloofde hij stellig... die eens zou komen.
De telefoon rinkelde op zijn bureau. Vledder nam de hoorn op en luisterde. Al na enkele seconden legde hij de hoorn op het toestel terug en keek naar De Cock.
'Commissaris Buitendam wil je spreken.' Hij stak glimlachend een waarschuwende vinger op. 'En wees aardig tegen de man. Hij is nog wat gammel. Hij heeft pas veertien dagen met een griep in bed gelegen.'

Commissaris Buitendam zag in-bleek. Zijn huid scheen nog doorzichtiger dan anders en zijn ogen stonden dof. De griep had hem duidelijk getekend.
De Cock zag het. Tot zijn eigen verbazing welde een gevoel van medelijden in hem op.
Buitendam wuifde naar een zwaargebouwde man in een stalen fauteuil van het zitje in de hoek. 'Ik behoef je mr. Van Mechelen niet meer voor te stellen.'
De Cock schudde zijn hoofd.
'Ik heb al een paar maal,' sprak hij grijnzend, 'het min of meer twijfelachtige genoegen gehad om meneer de advocaat te ontmoeten.'
De commissaris negeerde de opmerking. De griep had zijn strijdvaardigheid aangetast. 'Mr. Van Mechelen,' sprak hij vermoeid, 'komt in verband met zijn cliënt Ramón Baveling. De jongeman heeft zijn familie inmiddels kenbaar gemaakt waar hij zich bevindt.'
'Een hele geruststelling,' onderbrak De Cock.
Buitendam keek hem licht verwijtend aan. 'Inderdaad,' ging hij verder. 'Voor de familie een hele geruststelling. Ramón wil graag in de huiselijke kring terugkeren, maar is nog steeds bang voor zijn arrestatie. Mr. Van Mechelen vraagt nu, in opdracht van zijn cliënt en in overleg met de Officier van Justitie, van ons een garantie, dat Ramón Baveling bij zijn terugkeer in Nederland niet in verband met de pensionmoorden zal worden aangehouden.'
'Ramón is dus in het buitenland.'
De corpulente advocaat kwam uiterst moeizaam uit zijn lage fauteuil overeind. 'Ik kan u uiteraard zijn verblijfplaats niet noemen,'

sprak hij steunend. 'Dat is mij vertrouwelijk medegedeeld. Wij hebben aanvankelijk gedacht, dat u in uw onderzoek spoedig resultaten zou bereiken. Ik heb daarom Ramón destijds geadviseerd om weg te blijven tot de lucht rondom de moorden was opgeklaard... tot u de ware schuldige had gevonden.'
De Cock glimlachte.
'Nu resultaten uitblijven en het onderzoek wat langer duurt, wordt Ramón ongeduldig.'
Mr. Van Mechelen knikte. 'U moet bedenken, dat het uiterst frustrerend is om onschuldig als banneling te moeten fungeren.'
De Cock keek Van Mechelen dringend aan. 'Heeft u zich wel eens gerealiseerd, dat het uitblijven van resultaten in mijn onderzoek, wel eens verband zou kunnen houden met het feit, dat Ramón Baveling voor mij onbereikbaar is?'
Het vette gezicht van mr. Van Mechelen begon te glanzen.
'Ramón is onschuldig.'
'Hoe weet u dat?'
'Dat heeft hij mij gezegd.'
'En dat gelooft u?'
De corpulente advocaat zuchtte diep. 'Ik ben ervan overtuigd, dat Ramón de volle waarheid spreekt. Ik heb een bijzonder goede vertrouwensrelatie met hem opgebouwd.'
De Cock streek met zijn pink over de rug van zijn neus. Het was voor hem een karakteristiek gebaar als hij zich sterk voelde. 'Ik had en heb nog steeds een bijzonder goede vertrouwensrelatie met mijn moeder. Toch heb ik haar in mijn jonge jaren menigmaal bedrogen... eenvoudig omdat ik van mening was dat zij niet alles diende te weten.'
Mr. Van Mechelen schudde heftig zijn hoofd.
'Dat... eh, dat,' stotterde hij, 'dat is heel iets anders. De relatie tussen mij en mijn cliënt dient volkomen open te zijn... anders kan ik als raadsman niet werken.'
De Cock knikte instemmend.
'Ik heb volkomen begrip voor uw situatie.' Zijn toon werd milder. 'Ik ben ervan overtuigd, dat Ramón Baveling u heeft bezworen aan die pensionmoorden onschuldig te zijn. Ik begrijp ook, dat u die kreet van hem overneemt.'
Mr. Van Mechelen brieste.
'Het is geen kreet... het is een waarheid.'

De Cock stak sussend zijn hand op.
'Een waarheid,' herhaalde hij. 'Een waarheid, waarin u gelooft.'
'Onvoorwaardelijk.'
De Cock keek de dikke advocaat weer scherp aan. 'Wel, sta mij dan toe Ramón Baveling te verhoren... in uw bijzijn... op een door u te bepalen plaats... in Nederland.'
Mr. Van Mechelen dacht na. Zijn bolrond gezicht had bijna geen expressie. Het duurde enige tijd. Toen strekte hij zijn wijsvinger naar De Cock uit.
'U hoort van me.'
Zonder te groeten dreunde hij de kamer af.
Commissaris Buitendam liep op De Cock toe en keek hem bewonderend aan. 'Je was goed, De Cock. Ik vind, dat ik je dat eens moet zeggen.'
De oude rechercheur glimlachte bevrijd. Hij blikte in het door de griep geteisterde gezicht.
'Beterschap.'

Bij zijn terugkeer in de recherchekamer keek Vledder zijn oudere collega geïnteresseerd aan. 'En... was je lief voor de commissaris?'
'Uiterst. Ik heb hem zelfs beterschap gewenst.'
Vledder lachte. 'Je gaat vooruit.'
De Cock knikte bedaagd.
'Hij ook,' sprak hij gelaten.
'Heb je nog met hem gesproken over dat voorstel van Jaap van Santen?'
'Nog niet. Ik bewaar dat liever als een laatste strohalm. Als ik er echt geen gat meer in zie, kan ik het altijd nog in overweging nemen. Persoonlijk voel ik er niet veel voor. Ik ben geen voorstander van dat soort koehandel. Het kost in de regel een zee van tijd om de betreffende autoriteiten voor het idee te winnen en de vereiste toezeggingen te krijgen en dan is het nog maar de vraag of Jaap van Santen zijn belofte kan waarmaken.' Hij plooide zijn gezicht tot een grijns. 'Ik heb het in de praktijk meer meegemaakt, dat harde jongens, met een paar jaar gevangenisstraf in het vooruitzicht, plotseling glanzende ideeën kregen.'
'Jij gelooft niet dat hij de moordenaar kent?'
'Gezien het wereldje waarin Jaap van Santen leefde, is het heel

goed mogelijk dat hij iets weet. Ik zou zelfs de mogelijkheid niet durven uitsluiten dat hij bij de uitvoering van de moorden betrokken is geweest. Het is alleen zo, dat ik niet graag gemanoeuvreerd wil worden... zeker niet door een figuur als Jaap van Santen.' Hij zweeg even en keek met een ernstig gezicht naar Dick Vledder. 'Ik heb zelfs rechercheurs met een jarenlange ervaring, aan de hand van een mannetje dat zogenaamd iets wist, voor joker her en der door het land zien trekken.' Hij schudde zijn grijze kop. 'Nee, Dick Vledder, dat overkomt mij niet.'
Dick kleurde een beetje.
'Het klonk heel geloofwaardig,' sprak hij beteuterd. 'Ik had stellig de indruk, dat Jaap van Santen meende wat hij zei.'
De Cock lachte hem bemoedigend toe.
'Je kunt best gelijk hebben. Ik wil je alleen waarschuwen voor dergelijke voorstellen. Ze zijn bloedlink voor rechercheurs die er op gebrand zijn om hun zaak op te lossen.' Er dartelden jolige trekken om zijn mond. 'Ik heb overigens zelf een voorstel gedaan.'
'Aan wie?'
'Aan mr. Van Mechelen.'
Vledder was verrast. 'Was hij bij de commissaris?'
'Hij wilde van ons een garantie, dat Ramón Baveling bij een eventuele terugkeer naar Nederland niet voor die pensionmoorden zou worden gearresteerd.'
'Heb je die garantie gegeven?'
De Cock schudde zijn hoofd.
'Ik heb tegen mr. Van Mechelen gezegd, dat ik Ramón wilde verhoren... in zijn bijzijn en op een door hem bepaalde plaats in Nederland.'
'Ging mr. Van Mechelen op jouw voorstel in?'
De Cock blikte op zijn horloge. 'Ik denk, dat hij nu naarstig overleg pleegt.'
Vledder keek de grijze speurder onderzoekend aan.
'Als... eh, als mr. Van Mechelen op jouw voorstel ingaat en Ramón komt naar Nederland, ga je hem dan...'
Er werd geklopt. Hard, dwingend. De beide rechercheurs keken naar de deur van de recherchekamer. Op het geribde glas bewoog het silhouet van een figuur in een wijde cape met capuchon.
Vledder riep: 'Binnen'.
Het duurde enige seconden. Toen ging de deur langzaam open. In

de deuropening verscheen een zwaargebouwde man. Met een theatraal gebaar schoof hij zijn capuchon naar achteren en liep langzaam de kamer in, met een vage glimlach om zijn lippen.
De Cock kwam haastig achter zijn bureau vandaan.
'Meneer Waardenburg,' riep hij blij. 'Wat een verrassing.' Hij schoof een stoel naast zijn bureau. 'Neemt u plaats.'
Alex Waardenburg nam zwierig zijn cape af en liet zich op de stoel zakken.
'Het is de nieuwsgierigheid die mij tot u voert.' Hij sprak luid, op gedragen toon. 'Ik lees niets meer in de kranten. Heeft u de moordenaar al in het vizier?'
De Cock schudde zijn hoofd. Op zijn gezicht lag een droeve trek. 'Het onderzoek verloopt niet zoals ik mij dat had voorgesteld,' sprak hij spijtig. 'Dat betekent echter geenszins dat ik de moed heb opgegeven.'
'U heeft aanwijzingen?'
De Cock schonk de muziekpedagoog een moede glimlach. 'Nauwelijks. In feite zit ik op dood spoor en dat is mij in mijn lange carrière nog niet vaak overkomen.'
Alex Waardenburg keek de rechercheur onderzoekend aan. 'U ziet er ook vermoeid uit,' sprak hij bezorgd. 'U dient wat verstrooiing... afleiding...' Hij tastte in de binnenzak van zijn colbert. 'Ik wilde u en uw collega uitnodigen voor een concert. 'Mijn zoon Kiliaan zal, begeleid door ons Stedelijk Symfonie Orkest, op de vleugel enige eigen composities ten gehore brengen.'
'Waar?'
In de ogen van Alex Waardenburg vonkte een blik van triomf. 'Hier in Amsterdam. In ons eigen Concertgebouw. De enige muziektempel met een voortreffelijke akoestiek. We hadden via onze impresario al tal van aanbiedingen van kleinere muziekzalen, maar die hebben we alle categorisch afgewezen. Eerst toen het Concertgebouw zich aandiende, hebben wij onmiddellijk geaccepteerd.'
De Cock reageerde niet onmiddellijk. Hij monsterde het bolle, vlezige gezicht, de roodgeaderde wangen boven een volle donkere snor.
'Wie,' vroeg hij zacht, 'is uw impresario?'
Alex Waardenburg keek hem achterdochtig en waakzaam aan.
'Willy... Willy Haareveld.'

18

Vledder keek hoofdschuddend naar de twee toegangskaarten die Alex Waardenburg op het bureau van De Cock had achtergelaten. 'Ik begrijp er niets meer van,' verzuchtte hij. 'Alex Waardenburg en zijn zoon kennen Willy Haareveld als een man van slechte reputatie... als een bedrieger... en toch laten ze hem hun belangen behartigen.' Hij zweeg even. 'Wist jij iets van een relatie tussen de Waardenburgen en die Willy Haareveld?'
'Nee.'
Vledder huiverde zichtbaar. 'Iedereen kent iedereen en alles grijpt in elkaar. Het is een benauwd eng wereldje waarin wij verzeild zijn geraakt.' Hij keek naar De Cock op. 'Zouden de Waardenburgen in het distributienet van de impresario zijn opgenomen?'
'Je bedoelt drugs?'
Vledder knikte.
'Het idee is helemaal niet gek. Alex Waardenburg zou onder zijn over het algemeen rijke muziekleerlingen een aardig afzetgebied kunnen opbouwen.'
De Cock reageerde niet. Hij nam de toegangskaarten op en bekeek de datum. 'Kort dag,' sprak hij peinzend. 'Het is al over een week.'
'Wat?'
'Dat concert.'
'Ben je van plan om erheen te gaan?'
De Cock schoof zijn onderlip naar voren. Zijn gezicht stond ernstig. 'Alex Waardenburg,' sprak hij, 'kwam niet uit nieuwsgierigheid. Hij weet drommels goed dat wij met ons onderzoek nog geen steek verder zijn gekomen.' Hij tikte met zijn nagels op de toegangskaarten. 'Dit is ook geen daad van naastenliefde... om twee moegestreden rechercheurs wat ontspanning te bezorgen. Het bezoek van Alex Waardenburg had maar een doel... hij wil van ons, dat wij dat concert bijwonen. Meer niet.'
Vledder keek hem niet begrijpend aan.
'Waarom?'
Commissaris Buitendam kwam drukdoenerig de recherchekamer binnenstappen. Bij De Cock bleef hij staan en wierp een notitie op zijn bureau. 'Ik heb net mr. Van Mechelen aan de telefoon gehad.

Hij gaat met jouw voorstel akkoord. Je kunt Ramón Baveling verhoren. Over drie uur verwacht hij je op dat adres.'
De Cock pakte de notitie op.
'Winterswijk,' riep hij verrast. 'Dat is pal bij de Duitse grens.'
Commissaris Buitendam knikte.
'Mr. Van Mechelen heeft alles georganiseerd. Over drie uur is Ramón daar ook ergens in de buurt.' Hij wuifde naar de notitie in De Cocks hand. 'Dat is niet de plaats van het verhoor. Je ontmoet daar alleen mr. Van Mechelen. Hij zal je vandaar verder leiden.'
De commissaris keek de bedaagde rechercheur onderzoekend aan. 'Het heeft dus geen zin om de plaatselijke politie te charteren.'
De Cock grijnsde.
'Mr. Van Mechelen... hij denkt ook aan alles.'

Omdat de advocaat van de familie Baveling niet toestond, dat iemand de rechercheur vergezelde, had de Cock de voorkeur aan het spoor gegeven. Met de intercity reed hij naar Apeldoorn en stapte daar op een stoptrein, die hem in nog geen uur langs zes stations voerde voor hij eindelijk Winterswijk bereikte.
Hij liet zich de weg wijzen naar het moderne gemeentehuis, waar hij bij het gedenkteken voor de gesneuvelden uit de Tweede Wereldoorlog de imposante gestalte van mr. Van Mechelen ontwaarde.
De Cock liep op hem toe en schudde hem de hand.
'Waar is Ramón?'
Mr. Van Mechelen glimlachte.
'U zult nog even geduld moeten oefenen.' Voortdurend om zich heenkijkend, voerde hij De Cock langs straten en lanen naar een grote zwarte limousine met chauffeur. De advocaat verzocht hem achterin plaats te nemen. De corpulente Van Mechelen perste zich achter hem naar binnen. Onmiddellijk zette de wagen zich in beweging.
Plotseling ontdekte De Cock, dat de ramen rondom waren geblindeerd. De oude rechercheur keek de advocaat spottend aan. 'Wat is dit? Gaat u mij ontvoeren?'
Mr. Van Mechelen schudde zijn hoofd.
'Ik doe alles,' sprak hij ernstig, 'om mijn cliënt te beschermen. Ik breng u langs enige omwegen naar een wat verlaten plek in het bos. U zult dan niet weten of u zich op Nederlands of op Duits grondge-

bied bevindt.' Op zijn vet gezicht verscheen een grijns. 'Met andere woorden... u tast volkomen in het onzekere of u, zoals de wet van u verlangt, wel in de rechtmatige uitoefening van uw bediening bent. Op Duits grondgebied heeft u geen opsporingsbevoegdheden en kunt u geen arrestaties verrichten.'
De Cock keek hem van terzijde aan.
'De afspraak was, dat ik Ramón Baveling in Nederland zou ontmoeten.'
Mr. Van Mechelen glimlachte fijntjes.
'En u weet niet of ik mij aan die afspraak houd.'
De Cock knikte begrijpend, schikte zich in zijn lot en zweeg.
Na ruim een half uur rijden stopte de wagen en mr. Van Mechelen verzocht De Cock om uit te stappen. Ze bevonden zich op een vrij brede zandweg omzoomd met bomen. De Cock zocht naar aanwijzingen omtrent de plek waar hij zich bevond. Die waren er niet.
De corpulente advocaat sjokte voor hem uit naar een zijweg, die leidde naar een open plek in het bos. Het was een soort picknickplaats met een paar ruwhouten banken en tafels. Aan een van die tafels zat een jongeman. De Cock liep op hem toe en onderscheidde de gelaatstrekken van de oude Baveling.
De jongeman stond op en boog vormelijk.
'Rechercheur De Cock.'
De grijze speurder knikte. 'Met ceeooceekaa,' reageerde hij haast automatisch. 'Ik heb een lange reis moeten maken om u te ontmoeten.'
De jongeman glimlachte. 'Het arrangement is van mr. Van Mechelen. Hij is altijd erg bezorgd.'
Ze namen tegenover elkaar plaats. De Cock tastte de gelaatstrekken van de jongeman af. Hij was bijna het evenbeeld van zijn vader. Een verjongde uitgave in een sportieve dracht.
Ramón Baveling friemelde wat nerveus aan de ritssluiting van het jack dat hij droeg.
'Ik ben onschuldig.'
Het klonk hartstochtelijk.
De Cock reageerde scherp.
'Waarom ben je dan gevlucht?'
De jongeman weifelde even.
'Ik ben bang, dat mijn antwoord u niet zal bevallen. Maar ik wil openhartig zijn. Ik heb weinig vertrouwen in de Nederlandse justi-

tie, met name haar vestiging in Amsterdam. Ik heb een paar jaar rechten gestudeerd en weet ongeveer waarover ik het heb.' Hij zweeg even; zocht naar een formulering. 'Vroeger sprak men van klasse-justitie, dat was een woord om aan te duiden dat de justitie de aanzienlijken en welgestelden uit onze samenleving bevoordeelde... hen mild bejegende... maar de volle zwaarte van de wet wel liet neerkomen op de armen en bezitlozen. De tijden zijn veranderd. We hebben nu een klasseloze justitie. Wanneer ik asociaal was, een crimineel of een rovende junkie, dan had ik van Vrouwe Justitia niets te vrezen... ik kon op haar mildheid rekenen. Maar ik ben niet asociaal, ik heb geen crimineel verleden en ik gebruik geen verdovende middelen. Ik ben een normaal functionerende burger met als bijzondere handicap een welgestelde vader. De volle zwaarte van de wet zou op mij neerkomen, als ik ook maar enigszins werd verdacht. Toen Kiliaan Waardenburg mij waarschuwde, dat u bepaalde verdenkingen tegen mij koesterde, ben ik dan ook gevlucht.'
De Cock maakte een berustend gebaartje.
'Het staat u vrij,' sprak hij gelaten, 'om over onze Nederlandse justitie te denken zoals u wilt. Maar u moet wel beseffen... als klasseloze, zoals u dat noemt, had u zich geen comfortabel verblijf als banneling kunnen veroorloven... evenmin had u de beschikking gehad over de duurste advocaat die in Nederland is te consulteren; compleet met een geblindeerde limousine plus chauffeur.'
Ramón Baveling trok achteloos zijn schouders op. 'Ik zei u, mijn antwoord zal u niet bevallen, maar het is mijn motivering van mijn vlucht... als onschuldige.' Hij zweeg even; keek toen peinzend op. 'Heeft u inderdaad verdenkingen tegen mij?'
De Cock antwoordde niet direct. De vlotte, cynisch formulerende Ramón verraste hem een beetje. In geestelijk opzicht maakte de jongeman een sterke indruk.
'Uw... eh, uw gedragingen na de dood van uw broers Ricky en Erik zijn bepaald opzienbarend.'
Ramón Baveling schonk hem een trieste glimlach. 'Ik hoor het... u bent duidelijk door hun moeder geïndoctrineerd.'
De Cock kneep zijn ogen half dicht.
'*Hun* moeder?'
De jongeman knikte nadrukkelijk. 'Toen ik anderhalf jaar oud was, stierf mijn moeder bij een verkeersongeval. Vader hertrouwde en

ik kreeg nog twee broers... Erik en Ricky. Ik heb mij nooit zo sterk met hen verwant gevoeld. Maar dat doet niet terzake. Een aantal jaren geleden raakten zij beiden verslaafd aan de heroïne. Toen ik hen bij herhaling gebrek aan geestkracht verweet, omdat zij zich niet aan die verslaving konden onttrekken, boden ze mij een test aan. Ik zou een tijdlang samen met hen heroïne gebruiken, in dezelfde frequentie en hoeveelheden, waarna ik zou bewijzen of ik mij dan nog van dat spul kon distantiëren. Toen ik de test glansrijk doorstond, waren ze woedend en draaiden de affaire om. Ik zou Erik en Ricky heroïne hebben gegeven om hen te testen. Dat was een leugen... een pure leugen, die hun moeder later graag overnam en verspreidde. Ook mijn zogenaamde brasserijen kort na het overlijden van mijn broers, zijn een verzinsel.'
De Cock keek hem wat verward aan.
'Maar waarom?'
Ramón Baveling zuchtte.
'Ze heeft nooit van mij gehouden. Ze vond, dat ik haar relatie met mijn vader in de weg stond. Ze is zelf een wat labiele vrouw. Ze was en voelde zich ook schuldig aan de dood van Ricky.'
'Hoezo?'
De jongeman kauwde op zijn onderlip. Hij blikte bijna hulpeloos naar mr. Van Mechelen, die verderop aan de tafel zat en het gesprek volgde. De advocaat kwam tussenbeide.
'Mevrouw Baveling,' sprak hij bruusk, 'was zelf jarenlang verslaafd. De eerste heroïne kregen Erik en Ricky van haar.'
De Cock keek hem verbijsterd aan.
'Ze was zelf aan heroïne verslaafd?'
Mr. Van Mechelen knikte.
'Dat was ook de reden waarom de heer Baveling zich van haar en haar zoons distantieerde.'
De Cock wendde zich weer tot de jongeman.
'Hoe kwam ze aan die heroïne?'
Ramón Baveling zuchtte vermoeid.
'Van een vent uit Laren.'

Toen De Cock laat in de avond in het politiebureau aan de Warmoesstraat terugkwam, vond hij tot zijn verrassing Vledder nog in de recherchekamer achter zijn schrijfmachine.
Vledder liet zijn vingers rusten en keek glimlachend op.

'Ik dacht wel dat je eerst even naar de Kit zou komen voor je naar huis ging. Hoe ben je gevaren? Heb je Ramón gearresteerd?'
De Cock schudde zijn hoofd.
'Mr. Van Mechelen heeft een heel geraffineerd spelletje met me gespeeld.'
'Met jou?'
'Ja. Hij liet mij in Winterswijk... dat ligt pal aan de grens... zonder dat ik er erg in had... in een geblindeerde wagen stappen en bracht mij naar een plek, waarvan ik niet wist of het Nederlands of Duits grondgebied was. Hij zei mij ook duidelijk, dat ik die wetenschap niet had.'
Vledder fronste zijn wenkbrauwen. 'De afspraak was toch in Nederland?'
De Cock knikte. 'Maar hoe kon ik weten of Van Mechelen zich aan zijn afspraak hield. Ik heb het risico niet genomen om iets te ondernemen. Ik kon het mij toch niet veroorloven om in het bijzijn van drie getuigen mijn ambtelijke bevoegdheden te overschrijden.'
'Drie getuigen?'
'Ramón Baveling, mr. Van Mechelen en zijn chauffeur.'
Vledder schudde afkeurend zijn hoofd.
'Toch een louche streek van die Van Mechelen.'
De Cock grinnikte.
'Op de terugweg zei hij tegen mij, dat hij zich wel aan zijn afspraak had gehouden en dat de ontmoeting op Nederlands grondgebied had plaatsgevonden.'
Vledder snoof.
'Maar toen was Ramón Baveling al buiten jouw bereik.'
'Precies.'
'Ga je nog iets tegen Ramón ondernemen?'
De Cock antwoordde niet direct. Hij bracht het beeld van de vlot formulerende jongeman weer voor zijn geest.
'Ramón Baveling is bijzonder intelligent. Met mr. Van Mechelen als raadsman vormt hij een sterk duo. Als we wat willen bereiken, zullen we met onweerlegbare bewijzen moeten komen. En zolang wij die niet hebben...' Hij maakte zijn zin niet af, ging achter zijn bureau zitten en trok een lade open. Hij nam de twee plaatskaarten die hij van Alex Waardenburg had gekregen en schoof die in de richting van Vledder.
'Ik wil nog dertien van die toegangskaarten.'

'Nog dertien... voor wie?'
De Cock grijnsde vriendelijk.
'Voor een cultureel clubje.'

19

Een gevoel van intense spanning maakte zich van De Cock meester. Het kroop sluipend naar zijn keel en tintelde op de uiteinden van zijn zenuwen. Hij wist, dat hij haast onaanvaardbare risico's nam. Als het plan niet zou slagen, had dat voor hem en voor het hele Amsterdamse politiekorps vérdragende consequenties. Hij zag de vette krantekoppen al voor zich, kende de tekst van boze vragen in gemeenteraad en Tweede Kamer.
Maar hij had geen keus. Wilde hij de pensionmoorden ooit oplossen, dan moest dat nu gebeuren en op de manier zoals hij zich die had gedacht.
Het was een va banque-spel... een pure gok met als inzet de dader van drie wurgmoorden. Zijn hoop was gevestigd op de overrompeling, op de psychologie dat de dader zich door het onverwachte, het ongewone van de situatie zou verraden.
Hij keek naar de jonge Vledder, die zijn strategie kende en nu wat bleek achter zijn bureau zat. Hij blikte naar de twee K's, het gouden recherchekoppel van de Warmoesstraat, Joop Klaver en Jan Kuijper, die hem hun medewerking hadden toegezegd.
Met een trillende hand schoof hij de mouw van zijn colbert iets terug en keek op zijn horloge. Ze moesten nu komen... de leden van zijn culturele clubje... een spottende benaming voor een deel van de vaste klantenkring van zijn vriend Smalle Lowietje.
Hij slaakte een diepe zucht van verlichting, toen na een schuchter kloppen, de eerste de recherchekamer binnenstapte. In een tijdsbestek van nog geen tien minuten waren ze allen gearriveerd. Als laatste de tengere caféhouder in een stemmig blauw kostuum met een iets te uitbundige stropdas. Ook de anderen hadden hun best gedaan om er 'deftig' uit te zien.
Rechercheur Kuijper kwam vertrouwelijk naast hem staan.
'Wat moet je met dat stelletje ongeregeld?' fluisterde hij verbaasd.

'Ik tel vier souteneurs, drie min of meer bejaarde hoeren, een animeermeisje, een kroegbaas, een heler en een balletje-balletje*-man'.
De Cock glimlachte, maar antwoordde niet.
Hij liet het hele gezelschap plaatsnemen, heette hen van harte welkom en legde in een hartstochtelijk toespraakje uit wat er van hen werd verlangd.
Nadat De Cock nog wat vragen had beantwoord, gingen ze via de trappen naar beneden en wachtten in de hal van het politiebureau.
De bestelde taxi's verschenen op tijd en in een kleine verkeersstoet reed het gezelschap naar het Concertgebouw.
Voor de hoofdingang stapten ze uit, gingen aarzelend naar binnen en namen onwennig plaats op de achterste banken aan de rand van het brede middenpad. Alleen de beide rechercheurs Klaver en Kuijper posteerden zich op een andere plek. Zij hadden bij de planning ook een andere taak toebedeeld gekregen.
De leden van het Symfonie Orkest zaten al op het podium. Op een wenk van de concertmeester blies de hobo een A en stemden de musici hun instrumenten af, brachten trillende loopjes en toonladders ten gehore.
Rooie Meintje, die naast De Cock zat, boog zich naar hem toe. De indringende geur van haar parfum deed zijn neusharen krullen. 'Zijn... eh, zijn ze nu al begonnen?' vroeg ze fluisterend.
De Cock schudde glimlachend zijn hoofd. Hij besefte dat de meesten van zijn clubje nog nooit een muziektempel hadden betreden.
De Cock rekte zijn zware bovenlijf iets uit. Vooraan op het podium, bij de tweede violen, zat groot en indrukwekkend Alex Waardenburg. Hij koos met grote zorgvuldigheid de plaats van zijn muziekklessenaar en verschoof iets aan zijn muziekpartij.
De grijze speurder liet zijn blik verder dwalen. De grote zaal vertoonde bijna geen lege plekken. Ook de plaatsen achter het podium waren redelijk bezet.
Op de eerste rij, direct achter het orkest, ontdekte hij een vreemd, in glimmend paars uitgedoste Willy Haareveld. Het stelde hem gerust. Hoewel men hem uitdrukkelijk had verzekerd dat de impre-

* een op de straat veel gespeeld gokspelletje, waarbij men moet raden onder welke doos of beker het balletje ligt.

sario het concert zou bijwonen, was hij toch blij zijn aanwezigheid aan de rand van het podium op te merken.
Links, aan de vleugel en zichtbaar gespannen, zat de solist van vanavond, Kiliaan Waardenburg. De jongeman zag er in rok onberispelijk uit. Zijn goudblonde haren glansden in het podiumlicht. Hij leek zo in de verte iets op de populaire concertpianist Richard Clayderman, die door De Cock intens werd bewonderd.
Het wachten was op de komst van de dirigent.
De Cock overzag nog eens de illustere leden van zijn culturele clubje. Smalle Lowietje, zo vond hij, had uit de Walletjes en omgeving een waarlijk schilderachtig groepje bijeen gebracht. Om zijn lippen gleed een glimlach van vertedering. Hij genoot van deze mensen, die, zelf levend aan de periferie van de samenleving, toch bereid bleken om hem te helpen in zijn strijd tegen de misdaad.
Hij trok rimpels in zijn voorhoofd. Of was dat te idealistisch gedacht en had Lowietje hun bereidheid tot medewerking afgedwongen? De Smalle had zo zijn eigen methoden om mensen naar zijn hand te zetten.
Hij plukte aan zijn neus. Het kon hem feitelijk weinig schelen. De hoofdzaak was, dat ze hier zaten en, zo hoopte hij vurig, in actie zouden komen.
De Cock blikte opzij naar Vledder. De jonge rechercheur, die naast de caféhouder zat, was duidelijk nerveus. Vrijwel het hele 'stelletje ongeregeld', zoals rechercheur Kuijper het clubje oneerbiedig had betiteld, toonde tekenen van onrust. Zelfs Rooie Meintje, voor wie de hardste kerels uit de penoze om haar scherpe tong ontzag hadden, friemelde zenuwachtig aan de knoopjes van haar blouse.
De dirigent daalde de trap af. Het orkest kwam uit eerbetoon overeind. Toen hij zijn lessenaar met de partituur had bereikt, gingen de orkestleden weer zitten. De dirigent tikte op zijn lessenaar, hief zijn dirigeerstok, en het concert was begonnen.
Tot aan de pauze bleef het opmerkelijk rustig. Eerst na de pauze, toen Kiliaan Waardenburg solistisch excelleerde, kwam er beroering in het groepje. Smalle Lowietje knikte heftig. Ook de anderen maakten bevestigende bewegingen. Op een moment dat Kiliaan Waardenburg een thema herhaalde, stond Rooie Meintje geagiteerd op. De anderen volgden.
De Cock begreep dat hij nu snel de leiding in handen moest nemen.

Hij gaf Vledder een wenk. Ze kwamen beiden uit de bank en stelden zich op. De leden van het clubje groepeerden zich rumoerig achter hen.
In trage pas, maar wel steeds rumoeriger, stapten ze over het middenpad en zwaaiden met gebalde vuisten. Ook het publiek werd rumoerig. Mensen in de zaal gingen staan om vooral niets van het schouwspel te missen.
De dirigent merkte aan de onrust van zijn musici, dat er iets gaande was. Geïrriteerd tikte hij het orkest af. De muziek ebde weg. Het rumoer zwol aan.
Steeds dreigender kwam het groepje dichterbij en Rooie Meintje riep: 'Moordenaar'. Een kreet die door de anderen onmiddellijk werd overgenomen.
Vledder en De Cock versnelden hun pas en liepen ieder naar een trap die naar het podium leidde.
In het orkest ontstond tumult. Muzieklessenaars vielen kletterend om. Musici die hun instrument in veiligheid wilden brengen, struikelden.
Wat er verder gebeurde, herinnerde De Cock zich later als een film, die vertraagd voor hem werd afgedraaid. Hij zag de zwaargebouwde Alex Waardenburg op hem afkomen. Zijn bol, vlezig gezicht was rood van woede en in zijn ogen fonkte moordlust.
Vanuit zijn ooghoeken zag hij Kiliaan een trap op vluchten, recht in de armen van rechercheur Klaver. Alex Waardenburg hief zijn viool. De Cock onderkende het gevaar, maar leek een moment te verlamd om iets te doen. Het instrument kletterde op zijn hoofd. Voor hij de vloer bereikte, zag hij Willy Haareveld in het paars als versteend achter het podium staan.
Toen werd alles zwart.

Mevrouw De Cock deed open.
Op de stoep stonden Dick Vledder, Joop Klaver en Jan Kuijper. Vledder torste een zware fruitmand.
'We komen op ziekenbezoek,' sprak hij grinnikend. 'Is de oude speurder al aanspreekbaar?'
Mevrouw De Cock lachte. 'Laat hij het niet horen. Hij voelt zich helemaal niet ziek. Hij is nog steeds woedend dat hij zich zo onbenullig op zijn hoofd heeft laten slaan. De dokter wil dat hij nog veertien dagen rust neemt. Maar ik kan hem niet tegenhouden.

Gisteren is hij al weer naar het Huis van Bewaring gegaan om mensen te verhoren.'
Vledder knikte begrijpend.
'Ik ken hem.'
De rechercheurs stapten de huiskamer binnen.
De Cock zat opgewekt in zijn brede fauteuil bij de haard. Naast hem, op een bijzettafel, stonden een fles fijne cognac en enige fraaie diepbolle glazen. Een telefoontje van het bureau had hem gewaarschuwd dat het drietal naar hem onderweg was. Hij had snel maatregelen genomen en een fles ontkurkt.
Vledder zette de fruitmand bij hem neer.
'Van de collega's en van harte beterschap.'
De Cock zwaaide afwerend.
'Neem maar weer mee. Dat is voor een zieke. En ik ben niet ziek.' Het klonk nukkig.
Vledder schudde zijn hoofd. 'De groenteman neemt hem niet terug.'
De Cock glimlachte berustend. 'Oké, laat maar staan. Ik weet nog wel ergens een oud mensje, dat ik best eens blij kan maken.' Hij wuifde om zich heen naar de banken en de fauteuils. 'Ga op je gemak zitten, dan schenk ik eens in.'
De rechercheurs namen plaats en De Cock goot het gouden vocht klokkend in de glazen. Hij was een liefhebber van een goed glas cognac. Het was een liefde, die hij deelde met Smalle Lowietje.
Jan Kuijper boog zich iets naar hem toe. 'Ik wil best een cognackie van je drinken,' legde hij gebarend uit, 'maar daar komen we in feite niet voor. Jij hebt ons naar het Concertgebouw gesleurd en een hoop tumult veroorzaakt. Joop en ik willen best eens weten in wat voor een zaak jij ons hebt laten meedoen.' Hij wees naar Vledder. 'Dick heeft ons wel het een en ander verteld, maar we begrijpen het nog niet helemaal.'
De Cock deelde de glazen rond. Hij hield zijn eigen glas omhoog.
'Proost... op de misdaad.'
Mevrouw De Cock kwam binnen met een schaal vol lekkernijen. Ze keek haar man bestraffend aan. 'Op de misdaad proost men niet.'
De Cock negeerde de opmerking van zijn vrouw. Hij was ervan overtuigd, dat er genoeg mensen waren die alle reden hadden om op de misdaad te proosten. Hij liet zich in zijn fauteuil terugzak-

ken. Zachtjes schommelde hij de geur uit de cognac los en snoof. Daarna nam hij voorzichtig een slokje. Met een intens gevoel van tevredenheid zette hij het glas neer.
'Dit is,' zo begon hij, 'misschien wel de moeilijkste moordzaak geweest, die ik in mijn leven heb behandeld. De moeilijkheid zat voornamelijk in het motief. Waarom vermoordt men twee jongemannen, ex-junkies en een wat oudere vrouw? Lag het motief bij het duo Erik Baveling en Jean-Paul Stappert – al of niet in combinatie met de pensionhoudster – of gold er een motief voor elk individueel? Wat ik ook bedacht... niets klopte.
'Ik moet ruiterlijk bekennen, dat ik in deze zaak een geweldige denkfout heb gemaakt. Jean-Paul Stappert was in muzikaal opzicht een zeer begaafde jongeman... een jongeman met in zijn hoofd een schat aan melodieën. Ik heb echt wel aan de mogelijkheid gedacht, dat die bijzondere begaafdheid naar een motief kon leiden. Jean-Paul Stappert kende echter geen muzieknoot, nog niet een zo groot als een huis. Hij had die melodieën in zijn hoofd. Verder had hij niets. Het doden van Jean-Paul om die melodieën te bemachtigen was zinloos en kon – zo redeneerde ik – nooit een motief voor moord zijn. Immers, na de dood van Jean-Paul Stappert waren er geen melodieën meer.'
Joop Klaver glimlachte. 'Dat is toch geen denkfout?'
'Dat was het wel. En het heeft heel lang geduurd, voor ik daar achterkwam. Bij een subtiel onderzoekje, dat ik met medewerking van mijn vriend Handige Henkie instelde... een onderzoekje, waarover ik mij verder niet uitlaat... vond ik in Laren, in het bureau van Willy Haareveld, een map met het opschrift ''Jean-Paul Stappert''. In die map zaten twee velletjes ruitjespapier.'
Jan Kuijper grinnikte. 'Ruitjespapier?'
De Cock zuchtte.
'Vledder en ik hadden een blanco bloc van datzelfde ruitjespapier direct na de moord gevonden in de kamer van Erik Baveling. We hebben dat bloc op het laboratorium laten onderzoeken. De luitjes van het lab konden ons alleen zeggen, wat wij al wisten, dat er op de bovenste vellen vage indrukken waren van lijntjes en streepjes zonder enige samenhang.
'Ik vroeg mij af waarom Willy Haareveld twee velletjes ruitjespapier vol met potloodstreepjes zo zorgvuldig in een map in zijn bureau bewaarde. Ik besefte, dat die streepjes op het ruitjespapier

iets moesten betekenen. Ik wist ook, dat Jean-Paul Stappert middels Smalle Lowietje met de impresario in contact was gekomen en dat men over melodieën had gesproken.' De Cock wreef zich bijna verlegen achter in zijn nek. 'Het is gek, maar daarna heeft het nog enige dagen geduurd, voor het tot mij doordrong, dat het muziek was.'

Vledder keek hem verward aan.

'Die streepjes op het ruitjespapier?'

De Cock knikte.

'Jean-Paul Stappert had de melodieën die door zijn hoofd zweefden, wel degelijk vastgelegd. Op zijn eigen manier. Door streepjes in verschillende lengten en in variërende standen op ruitjespapier te plaatsen, ontstond een soort melodieënschrift, dat hij alleen zelf kon teruglezen. Zonder uitleg had een ander er niets aan.'

De Cock zweeg even en nam een slok van zijn cognac.

'Na zijn onderhoud met Willy Haareveld moet Jean-Paul Stappert bemerkt hebben, dat hij met uitgevers en impresario's niet gemakkelijk tot onderhandelen kwam met zijn eigen gemaakt melodieënschrift. Hij besloot zich het echte muziekschrift, compleet met mollen en kruisen, eigen te maken en...'

Vledder onderbrak hem.

'... kwam terecht bij Alex Waardenburg.'

De Cock keek hem aan.

'De rijke muziekpedagoog met louter rijke leerlingen. De man besefte onmiddellijk dat hij met Jean-Paul Stappert een muzikaal genie binnen zijn bereik had. Ik moet duidelijk stellen, dat Alex Waardenburg nooit de bedoeling heeft gehad om Jean-Paul Stappert te doden. Hij wilde wel zijn melodieën, die... zo heeft hij mij gezegd... uitblonken door een breed klankspectrum met geraffineerde transposities in een fraaie harmonisatie... wat dat ook betekenen moge. En hij wilde ze niet eens voor zichzelf. Hij was tevreden met wat hij had bereikt. Hij droomde er alleen van, dat eens zijn zoon, Kiliaan Waardenburg, een wereldvermaard componist en pianist zou zijn. Hij bracht Jean-Paul met Kiliaan in contact.'

De Cock zweeg opnieuw. De lijnen van het drama, zo vond hij, tekenden zich duidelijk af. Het verbaasde hem, dat het zo lang had geduurd voor hij ze had onderkend.

'Jean-Paul,' ging hij rustig verder, 'vertelde van zijn melodieën-

schrift... liet het zien... legde het uit... en vertelde opgetogen dat er in het schrijfbureau op de pensionkamer van zijn vriend Erik Baveling nog laden vol met melodieën lagen.'
Vledder snoof.
'Hij vroeg er gewoon om... om vermoord te worden.'
De Cock kauwde even op zijn onderlip.
'Toch was er een incident nodig om het drama op gang te brengen. Jean-Paul Stappert vertelde aan Kiliaan, dat hij opnieuw contact had gezocht met Willy Haareveld en dat hij dit keer bij hem een paar vellen met melodieënschrift had achtergelaten.'
Vledder knikte begrijpend. 'De vellen die jij vond.'
'Kiliaan was woedend. Hij wilde niet dat anderen het schrift onder ogen kregen. Hij wilde het exclusief... voor zichzelf. Hij schreef Willy Haareveld een dreigbrief, dat hij met zijn handen van de goddelijke melodieën van Jean-Paul Stappert af moest blijven. Hij probeerde ook Jean-Paul tot andere gedachten te brengen. Hij moest het schrift terughalen en het contact met Willy Haareveld verbreken. Thuis, in de nabijheid van zijn allesoverheersende vader, durfde Kiliaan het conflict niet uit te spreken. Toen Jean-Paul op die bewuste avond tegen tien uur voor zijn muziekles kwam, wachtte hij hem buiten op. Aan de wallekant, tussen de geparkeerde auto's, ontwikkelde zich een twistgesprek. Toen Jean-Paul weigerde om zijn contacten met Willy Haareveld te verbreken en zelfs dreigde om al zijn melodieën aan de impresario over te doen, wond Kiliaan zich zo op, dat hij Jean-Paul Stappert bij zijn keel greep en wurgde.'
Joop Klaver stak gebarend zijn handen omhoog. 'Zag niemand dat?'
De Cock schudde zijn hoofd.
'Het is een stil stukje gracht. In de meeste panden zijn kantoren gevestigd. Gedurende de avonduren en de nacht is daar niemand. Er wonen weinig particulieren. We hebben wel een buurtonderzoek gehouden. Er kwam niets uit.'
Vledder boog zich geagiteerd naar voren. 'Verder... wat deed Kiliaan?'
De Cock dronk zijn glas leeg.
'Kiliaan liep een tijdje versuft rond. Niet lang. Toen hij besefte wat hij had gedaan en zijn kansen overwoog, dacht hij aan de melodieënrijkdom in het bureau van Erik Baveling.'

Vledder kneep zijn ogen even dicht.
'Hij vermoordde dus ook Erik.'
De Cock knikte.
'En nam ongezien de melodieën mee. Toen hij thuiskwam, bemerkte zijn vader onmiddellijk dat er iets met Kiliaan aan de hand was. Bovendien had hij Jean-Paul Stappert op de muziekles gemist. Alex Waardenburg is een man die niet altijd woorden nodig heeft om te weten wat een ander denkt. Hij had geen moeite om de gedachten van zijn zoon te doorgronden. Toen Kiliaan hem had verteld wat hij gedaan had, besloot Alex Waardenburg om in actie te komen. Hij wilde én zijn zoon én de melodieën behouden en overdacht, dat Kiliaan in het pension mogelijk sporen had achtergelaten. Hij ging erheen en wiste de vingerafdrukken van zijn zoon uit... en werd daarbij betrapt door Mien van Leeuwen.'
Vledder was hevig verbaasd. 'De pensionhoudster?'
De Cock glimlachte vermoeid.
'Mien van Leeuwen trok een verkeerde conclusie. Ze herkende Alex Waardenburg van de televisie en meende, dat hij Erik Baveling had omgebracht. De muziekpedagoog maakte haar ook niet wijzer. Hij liet haar in die waan. Daarom viel ze later flauw, toen ik haar vertelde dat ook Jean-Paul Stappert was vermoord. Ze meende immers de moordenaar te kennen en had een overeenkomst met hem gesloten.'
Joop Klaver fronste zijn wenkbrauwen. 'Een overeenkomst?'
'Op het moment dat Alex Waardenburg zich door de pensionhoudster ontdekt wist, bood hij haar tienduizend gulden aan als ze haar mond hield.'
Vledder riep uit: 'Dat nam ze aan!'
De Cock wreef over zijn gezicht. Het beeld van de tanige pensionhoudster kwam hem voor de geest.
'Zeker. Alex Waardenburg heeft haar dat geld ook in contanten uitbetaald. Toen Mien van Leeuwen er een paar dagen later achterkwam dat Alex Waardenburg een vermogend man was, nam ze opnieuw contact met hem en vroeg een veelvoud... vijftigduizend gulden.' De grijze speurder schudde triest zijn hoofd. 'Dat had ze niet moeten doen. Alex Waardenburg begreep, dat de pensionhoudster steeds zou terugkomen. Hij deed alsof hij op haar chantagevoorstel inging en stuurde zijn zoon. Tegen Kiliaan zei hij: of je nu voor twee of voor drie moorden ter verantwoording wordt

geroepen... dat maakt geen verschil. En Kiliaan sloot voor de derde keer zijn gespierde vingers wurgend om een hals.'
De Cock liet zich in zijn fauteuil terugvallen en zweeg.
Een tijdlang was het stil. Het leek alsof een ieder bezig was om het gebeurde te verwerken. Eerst na een poosje schonk de oude rechercheur opnieuw in en zijn vrouw liet de schalen rondgaan. Het was Kuijper die het gesprek weer op gang bracht.
'Nu weet ik nog niet hoe jij aan dat stelletje ongeregeld kwam.'
De uitdrukking bracht opnieuw een glimlach op het gezicht van De Cock.
'Toen ik eenmaal de overtuiging had,' ging hij verder, 'dat Jean-Paul Stappert en Erik Baveling omwille van een stapeltje melodieen op ruitjespapier waren vermoord, toen ik dus het motief kende... stond ik voor de moeilijkheid om dat te bewijzen. Hoe kon ik er ooit achterkomen wie de melodieën had gestolen, wanneer ik die melodieën niet eens kende?
'Ramón Baveling had ik, gezien het motief, als mogelijke dader al geschrapt en ook Willy Haareveld zag ik niet als moordenaar. Hij had, weliswaar, Jaap van Santen en Jan Rouweler in het pension naar de melodieënrijkdom van Jean-Paul Stappert laten zoeken, maar dat was nadat de moorden waren gepleegd... eerst toen hij uit de kranten had vernomen dat de beide jongemannen waren omgebracht.
'Bleven dus over vader en zoon Waardenburg. Van een huiszoeking, als ik daarvoor al toestemming had gekregen, verwachtte ik niet veel. Ik ging er vanuit dat iemand die goed in de muziek thuis is, vrij snel het melodieënschrift van Jean-Paul Stappert in normaal notenschrift kon omzetten. Zeker als hij het principe kent. Het belastende ruitjespapier kon men dan vernietigen. Dat is, zo blijkt achteraf, ook gebeurd.
'Ik peinsde me suf om aan het bewijs te komen. Ineens herinnerde ik mij, dat Jean-Paul Stappert en Erik Baveling weleens in het café van Smalle Lowietje kwamen en dat Jean-Paul daar eigen melodieen ten gehore bracht. Mr. Melody, zoals Jean-Paul werd genoemd, was in het café een begrip. Men vroeg hem steeds weer om op gedeeltelijk met water gevulde glazen enige melodieën te spelen.'
De Cock grijnsde. 'Dat was de sleutel. Ik liet Smalle Lowietje een lijstje maken van mensen die de melodieën van Jean-Paul kenden.'
'Het stelletje ongeregeld.'

'Precies. Ik denk, dat vader en zoon Waardenburg zich op den duur betrekkelijk veilig hebben gevoeld. In het onderzoek naar de moorden zat geen schot. Er waren geen nieuwe ontwikkelingen. Om volledige zekerheid te krijgen, lieten ze Willy Haareveld een concert organiseren, waarin Kiliaan Waardenburg op de vleugel enige gestolen melodieën zou spelen.
'Op dat moment had ik gewacht. Ik trommelde met behulp van Smalle Lowietje mijn culturele clubje bij elkaar. In het Concertgebouw herkenden ze in de zogenaamde eigen composities van Kiliaan Waardenburg melodieën van Jean-Paul Stappert, alias Mr. Melody. De spectaculaire show, die zij daarna op mijn verzoek opvoerden, beoogde een schokeffect.'
Rechercheur Klaver keek de oude speurder bewonderend aan.
'Het werkte voortreffelijk.'
Jan Kuijper schudde zijn hoofd.
'Feitelijk,' zei hij half lachend, 'feitelijk, De Cock... ben je een luis... met luizestreken.'
De Cock gniffelde.
'Heb je ooit gehoord, dat een luis een serie moorden oploste?'
Jan Kuijper knikte lachend.
'Ja... vandaag.'

De volgende boeken van Baantjer zijn bij de Fontein verschenen:

De Cock en het sombere naakt
De Cock en de wurger op zondag
De Cock en het lijk in de kerstnacht
De Cock en de treurende kater
De Cock en de ontgoochelde dode
De Cock en de romance in moord
De moord op Anna Bentveld
Een strop voor Bobby
De Cock en de naakte juffer
De dertien katten
De Cock en de dode harlekijn
De Cock en de stervende wandelaar
De Cock en de dansende dood
De Cock en het lijk aan de kerkmuur
De Cock en de zorgvuldige moordenaar
De Cock en de broeders van de zachte dood
Uit het leven van een Amsterdamse diender
Een Amsterdamse rechercheur
De Cock en het dodelijk akkoord
Doden spreken niet
De Cock en de moord in seance
De Cock en de moord in extase
Misdaad in het verleden
De Cock en de smekende dood
De Cock en de ganzen van de dood
De Cock en de moord op melodie

Verkrijgbaar bij de boekhandel